U0501039

图书在版编目（CIP）数据

激情耗尽 /（英）薇塔·萨克维尔 - 韦斯特著；李佳
妮译 . -- 北京：中国友谊出版公司，2025. 5. -- ISBN
978-7-5057-6077-6

Ⅰ. I561.45

中国国家版本馆 CIP 数据核字第 202509M9W1 号

书名	激情耗尽
作者	［英］薇塔·萨克维尔 - 韦斯特
译者	李佳妮
出版	中国友谊出版公司
发行	中国友谊出版公司
经销	新华书店
印刷	水印书香（唐山）印刷有限公司
规格	787 毫米×1092 毫米　32 开
	8.5 印张　129 千字
版次	2025 年 5 月第 1 版
印次	2025 年 5 月第 1 次印刷
书号	ISBN 978-7-5057-6077-6
定价	50.00 元
地址	北京市朝阳区西坝河南里 17 号楼
邮编	100028
电话	（010）64678009

ALL PASSION SPENT
VITA SACKVILLE - WEST

激情耗尽

[英] 薇塔·萨克维尔－韦斯特 著   李佳妮　译

中国友谊出版公司

她下了车，

发现迎接她的是夏日的阵阵和风，

而伦敦的过往已被她踩在脚下。

题　记

献予年少翩翩的

本尼迪克特、奈杰尔，

以此垂暮之人的故事。

他令他的侍者们，

从这起非凡事件中收获最真切的感悟，

令他们离去时平静安适，心灵得以抚慰，

既得神魂安宁，亦得激情尽息。

——《力士参孙》(*Samson Agonistes*) [1]

1　《力士参孙》：英国文学家约翰·弥尔顿所作长篇诗歌，取材于
《旧约·士师记》，讲述了以色列民族英雄参孙的故事，内容震撼
人心。该段摘自结尾十四行诗。——译者注（后文若无特殊说明，
皆为译者注）

目 录

CONTENTS

第一章

All Passion Spent

将母亲的余生安排与收入问题混为一谈，

的确符合威廉一贯的作风，

毕竟在威廉跟拉维妮娅眼里，

俭省本来就是一项终身大业。

斯兰勋爵一世亨利·莱尔夫·霍兰德如今已年逾九十，其寿命之长，甚至开始让他在公众心中留下"长生不死"的印象。福寿绵延，通常带给世人慰藉，使人们感到安心，尽管也曾有过不同的声音，但渐渐地，大家整体上还是倾向于将"高寿"视为一种卓越的象征。长寿之人，至少克服了人类与生俱来的一项缺陷，那就是生命如朝露，岁月难长久。生死有命，修短素定，命数到便是永眠。正因如此，若是能在生前多窃得二十年时光，便也相当于冲破桎梏，改写了命运。我们调整自身价值观念所仰赖的尺度正是生命之有限。五月的一个清晨，春光灿烂，天气暖融融的，也就是在那一天，火车上，伦敦城的商界和金融界人士打开报纸，"昨夜，斯兰勋爵于晚膳后溘然长逝，享年九十四岁"这则消息赫然映入了他们的眼帘。眼前的文字犹如一道晴天霹雳，令众人难以置信。"是心力衰竭。"他们说得煞有介事，一副十分睿智的模样，实际上只是原封不动地照搬报上的话而已。紧随其后的是此起彼伏的叹息声，"哎呀，又一位寿星陨灭喽。"又一位寿星的陨灭，又一次安全感的缺失——此时此刻，这无疑是多数人共同的感受。一时间，各大报刊竞相收集记录起亨利·霍兰德的种种生平事迹，最后一次进行了大肆报道。这些内容糅杂在一起，像只硬邦邦的板球，被猛地一把抛至公众面前：从霍兰德先生"初露锋芒的大学生涯"，到尚值风华正茂便在内阁占据一席之地的辉煌时期，直至生命的最后时刻，斯兰勋爵、嘉德骑士、巴斯大勋位、印度之星勋位、印度帝国大骑士勋位等一系列头衔与荣耀——这万般荣誉在他身后逐渐黯淡，最终消弭无踪。晚餐过后，他瘫坐在椅子上，须臾之间，九十余载的漫长一生便隐没于历史的洪流之中。时间似乎向前跃动了一小步，而此时此刻，他已不再是昔日叱咤风云的人物，无法再伸展双臂力挽狂澜。此前约十五年间，斯兰勋爵虽不常现身于公众视野，可他的影响却从未远去，他不时在议会中高谈雄辩，其温良刚毅的风度、明智谨慎的判断以及犀利辛辣的讽刺，尽管无法真正阻止那些即将犯下蠢行的狂热偏激的同僚，却也足以令他们如坐针毡、不得安生。亨利·霍兰德向来懂得删繁就简，此般场景并不多见，也正因如此，人们才得以在刺耳的言语下找到有益的实质：众人皆知，这些言论背后有这位传奇人物的丰富经验作支撑——若这位年近百岁的老人愿意去威斯敏斯特走一走，乐于用他那审慎从容又极具讽刺的不凡谈吐袒露心声、大抒己见，那毫无疑问，无论是新闻界还是公众的目光，都必将为其所深深吸引。一直以来，从未有人真心想批评斯兰勋爵，也从未有人指责过他守旧，叫他"老古董"。勋爵幽默风趣、贤明睿智又充满柔情，无疑是位魅力四射的人物，这一切也让所有民众乃至所有党派都将他奉若神明。纵观政坛，或许唯有他配得上如此拥戴。也许，因为生活的方方面面都看似留有他的印记，而他似乎又未曾真正触及本质平淡的普通生活，也因为素有"超凡脱俗、不食人间烟火"的声名，斯兰勋爵从未像一般专家那样招致众人的憎恶与质疑。他魅力非凡，既学识渊博、思想深刻、谈吐风趣，又喜好享乐、热爱运动，除此之外，还十分推崇人文主义。他生来成熟理智，这在英国男性里可谓凤毛麟角。他对一切实际问题都是一副"不愿参与、不愿处理"的勉强模样，这令与他共事的同僚及下属喜怒参半，毕竟想要从他那里得到一句明确的答复简直难如登天。可以说越是重要的事项，他往往处理得越是轻率随意。明明是一份阐述了两种截然相反的政策的各自优点的报告，他却在报告底部提笔写下一个"同意"，搞得下属们头痛不已、苦不堪言。大家都说从政当真毁了他，因为他总要顾及事物的正反两面。但纵使他们话里话外透着不满，也并不意味着他们的真实想法便是如此——人们深知，倘使真被逼得紧了，必要的时候，勋爵会比那些一本正经端坐在政府办公桌前的高官显要更加敏锐，也更加高明。他只需扫上一眼，便能精准锁定一份报告的要点与短板，而旁人根本还没来得及通读一遍。不仅如此，他还会彻底摧毁来访记者不切实际的盲目乐观，戳穿对方的目光短浅，与此同时不失一份优雅和礼貌。自始至终，他的举手投足皆流露出一份得体的文雅风度，而就在这种谦恭有礼中，他会将对手打得落花流水、片甲不留。

勋爵独特的个人风格同样俘获了公众与漫画家们的心。无论是他玄黑如玉的绸缎领带、系着宽大丝带的眼镜、晚礼服背心上一颗颗锃亮的珊瑚纽扣，还是汽车风靡许久后依然留存着的那辆私人双轮有篷马车——纵使他的故事虚实参半、亦真亦假，但无疑是这所有的一切支撑他走到了今日。当八十五岁高龄的他终于在德比赛马中胜出，那个时候，观众的喝彩之热烈可谓史无前例。然而在这盛况背后，唯有他的夫人怀疑勋爵这些与众不同的个人风格与某项既定政策存在着什么不可忽视的关联。她绝非生性尖酸刻薄之人，只是在这场与亨利·霍兰德长达七十年的婚姻中，她早已学会随时随地替自己戴上一副愤世嫉俗的面具。"亲爱的老先生，"火车上，伦敦城的商界和金融界人士们感慨纷纷，"哎呀，他离我们而去啦。"

　　他的确离开了，而且离开得干净彻底，再也无可挽回——他的遗孀垂首凝视着躺在埃尔姆公园花园灵床上一动不动的勋爵，心里如是想道。此时此刻，房里的百叶窗仍拉开着，因为勋爵此前千叮咛万嘱咐，他离开人世时，屋内务必亮亮堂堂。而就算他已驾鹤西去，也无人胆敢违令而行。日光倾泻，他静静地躺在那里，纹丝不动，仿佛一尊无须石匠镂琢的雕像。勋爵生前最为宠爱曾孙，对他可谓有求必应，曾孙也时常调侃勋爵，说他如有朝一日撒手尘寰，遗体也必定英俊迷人。如今，曾经的玩笑话已成现实，而这现实，也由于被一句戏谑之言说中而更令人感慨。斯兰勋爵的相貌即便在他尚未离世时，也不难让人联想到死亡的庄重肃穆。他的面部皮肤略微凹陷，使得那本就瘦削的鼻子、下巴和鬓角轮廓更显分明。那双越发紧抿的嘴唇后封印着勋爵毕生的智慧。此外，最重要的是，无论生前还是死后，斯兰勋爵自始至终都是一副纤尘不染、时髦讲究的模样。"瞧瞧，"即便蒙着毯子，你看到他仍会感叹，"这里安睡着一位翩翩公子。"

然而，死亡尽管庄重肃穆，却终会无情褫夺一切伪装，让事物暴露出内在的本质。在死神的阴影下，即便是那副生前百般尊贵高尚的容貌也不免失了几分光彩；那双曾经诙谐敏捷、以幽默掩盖刻薄讥讽的嘴唇，如今也尽显苍白瘦薄；那份昔日谨慎藏起的野心，眼下也在俊挺如峰的鼻梁中暴露无遗。从前，他的举手投足总流露出一股迷人的气息，然而此时此刻，失去了昔时莞尔笑颜的掩饰，隐伏在这份魅力下的那冷硬的灵魂也原形毕露。他风度翩翩、面如冠玉，可并不惹人喜爱。屋内，他的孀妇孑然一人，静静地凝望着他，心底思绪翻涌。倘若子女们能够读懂她的心思，他们必会惊得瞠目结舌。

但她的孩子们可没工夫观察她，他们六人聚在客厅，其中两个儿子和一个女儿带着各自的配偶，因而统共九人。真是一场地狱般的家庭聚会，好似一群黑溜溜的老乌鸦凑成一窝——伊迪丝想道。伊迪丝是家里最小的孩子，平日里风风火火，总是手足无措，什么事都巴望着用一两句话讲清，这仿佛倒水入瓮，水花四溅，字里行间真正重要的内容与内涵通通跟着飞溅而去，最终消失无踪，若想挽回，更如同握流水于掌中般徒劳无望。或许可以随时备好笔记簿跟铅笔——但在搜寻合适词汇的同时，思路也早就从脑中溜走了，况且使用笔记簿时想要避人耳目也绝非易事。那速记如何？说来简单，但总不能让自己的头脑也跟着"速记"吧，毕竟人还是需要学会约束思维，全神贯注于眼前事物的，这对大多数人来说都并非难事。不过，可以确定的是，一个人若是岁至花甲都未参得其中要领，那他这辈子也领会不了了。这真是一场恐怖的家庭聚会，伊迪丝的思绪飘了回来——大家先是分组来的，一组是霍兰德一家，包括赫伯特、嘉莉、查尔斯、威廉和凯伊，一组是玛贝尔跟拉维妮娅两位嫂子，最后是姐夫罗兰。但随后他们又大洗牌，重组了队伍：赫伯特、玛贝尔、嘉莉以及罗兰一组，威廉和拉维妮娅一起，查尔斯、凯伊单独组成一队。这帮人不常聚在一起，现在却一个不落——伊迪丝心想："到头来，使大家齐聚一堂的竟是死亡，好像所有生者为寻求庇护与相互扶持，瞬间乌泱泱聚成一团似的，当真怪异！我的老天爷，我们兄弟姐妹几个都老啦。赫伯特铁定有六十八了，我也年过花甲。爸爸年逾九十，妈妈今年也八十八高龄了。"伊迪丝想算一算众人的年龄总和，于是问道："拉维妮娅，请问你今年贵庚？"大伙被这话惊得不轻，纷纷向她投去责备的目光。然而，这就是伊迪丝一贯的作风，她向来不管别人在说什么，总是冷不丁地冒出些驴唇不对马嘴的话来。伊迪丝本能够告诉这伙人，她穷其一生都在想方设法表述自己的心声，只是从未做到。她嘴里讲出来的话，往往与她内心的真实想法大相径庭。伊迪丝心底真正恐惧的，是生怕自己哪天说错话，吐出什么不妥之词来。比如她心里想的是"这很让人难受吧"，结果说出口也许就变成了"老爸归西，岂不美哉"。甚至是一些更为"惊天地泣鬼神"的话。可能是某些糟糕透顶的字眼，就像屠夫用铅笔在地窖通道那涂满白石灰的墙壁上写的那种，人们还不得不将它遮遮掩掩、吞吞吐吐地说给厨子听。老实说，这活真难干。这一重担就这样落在了埃尔姆公园花园的伊迪丝肩上，也落在了整个伦敦上千个伊迪丝的肩上。而她的家族则对此浑然不知。

眼下，他们满意地看着她脸涨得通红，抬起手局促地抓挠着一绺绺灰白的头发。这副样子，表示她无话可说了。看到她被逼到这般窘迫后，大伙才继续谈回方才的话题，并适当地压低了声音，神态也哀伤得恰到好处。甚至一向粗声大气的赫伯特和嘉莉此刻说起话来也柔声细语。他们的父亲正躺在楼上一动不动，母亲则在那里陪着父亲。

　　"妈妈当真伟大。"

　　这话他们说了上百遍啦，伊迪丝想。大伙语气里满是讶异，好像他们以为母亲会歇斯底里地嘶吼尖叫、自暴自弃一样。她的哥哥姐姐们私底下都觉得母亲愚蠢透顶，这点伊迪丝非常清楚。母亲不仅时不时会冒出些荒唐话来，而且对于现实世界，她一无所知。不仅如此，母亲平常说话还经常草率冒失，她虽然讲的是英文，听起来却如同外星话一样不着边际。

　　"妈妈真是个傻瓜。"——这句话他们也时常挂在嘴边，口吻客气委婉，带着家里开玩笑时才有的喜忧参半的语调。可在眼下这种紧要关头，他们找到了一种全新的不同以往的话术，那就是"妈妈当真伟大"。此时此刻，这是他们应该说的，因此就说个没完，仿佛谈话当中间歇浮现的一段叠句，使得他们的对话层次迅速抬高，旋即又下落，最终接上地气、趋于实际。母亲当真伟大，可又该对她作何安排呢？母亲不可能将这份伟大贯穿余生，这点显而易见。总得允许她选个时间痛痛快快大哭一场，过后再将她妥善安置就好，要有地方落脚，有人照料饮食起居。外面街道上，或许已随处可见印有"斯兰勋爵仙逝"几个醒目大字的海报；新闻记者们将沿着弗利特街[1]来回奔走积攒素材，也许还会一窝蜂地拥至那座令人毛骨悚然的鸽笼般的骨灰库——那里存储着已经准备好的讣告；他们或许还会彼此套取信息："我说，老斯兰勋爵总爱随身带着铜板这事儿是真的吗？他真穿绉胶底的鞋吗？他真蘸着咖啡吃面包吗？"一切能写成精彩文章的细枝末节都逃不过他们的掌心。电报投递员会将鲜红的自行车停在路边，然后摁响门铃，送上一封封巧克力色的唁电，这些电报可能来自世界各地、来自英国每个角落，特别是斯兰勋爵曾经任职过的辖区。各家鲜花铺都会送来花圈，然而逼仄的厅堂里早已摆满了这些祭奠物品。"送得真快，都来不及看了。"赫伯特

---

1 伦敦街名，亦指代英国新闻业中心。

说，他正紧盯着花圈附带的卡片看个没完，单片眼镜后闪烁着嫉妒的光芒。老朋友们或许会前来探访——"赫伯特……真是晴天霹雳……当然，我并不妄求见上令慈一面……"可显而易见，他们都盼望着自己能成为那个"唯一的例外"，但赫伯特是必不可能给他们亮绿灯的，并且还乐在其中："家母嘛，诸位懂的，她现在自然悲伤得没有主意；我得说家母当真伟大；不过目前，我可以确定，她除了我们几位谁都不愿见，这一点我相信诸位能理解。"他们甚至刚来到厅堂或门口的台阶就被下了"逐客令"，眼下只得用力握握赫伯特的手便转身离去。记者们则在人行道上四处徘徊，一眼望去，他们胸前悬挂的相机宛如漆黑的六角手风琴般荡来荡去。所有这一切都发生在外面，而在屋内，母亲仍在楼上寸步不离地陪着父亲。她的余生该如何安顿？这个问题压得儿女们几乎喘不过气来。

诚然，对于儿女们做出的安排是否明智，斯兰夫人不会质疑一句。母亲没有自己的意愿；她纵然温文尔雅了一生，却也一辈子唯唯诺诺，一辈子都是"附庸"。在众人眼里，她甚至都没有为自己做打算的脑子。"谢天谢地，"赫伯特偶尔会说，"妈妈不是那种头脑灵光的女人。"他们从未想过，母亲或许有自己的主意，只是都埋在心底。他们从未想过母亲会令他们感到棘手，也从未预料到，那位多年来始终讨巧、可有可无的母亲会反过来狠狠愚弄他们一番。她并不是个头脑灵光的女人。帮忙安顿她所剩无几的人生，母亲应对他们感激不尽才是。

此时此刻，大伙都在客厅里站着，因为不舒服而来回踱步，就是不肯坐下——这在他们看来是一种大不敬。尽管他们一向冷静，死亡——即便是预期之内的死亡——也给他们带来轻微的不安。他们四周笼罩着一股焦虑烦躁的氛围，这种情况往往只会在那些即将开启崭新旅程或是生活遭受严重干扰的人身上出现。伊迪丝渴望坐下休息，却没有那个胆子。他们的个头都好大，伊迪丝默默想道。个头大、年纪大，还都身着黑衣，也有自己的孙子孙女。她不禁感叹：幸亏我们素日习惯穿一身黑色，毕竟眼下还领不到丧服；嘉莉若是穿了件桃色的衬衫来，那该是何等糟糕。总之一眼看去，大伙都黑不溜秋的，仿佛一群渡鸦。嘉莉黑色的手套连同围巾跟提包一并搁在书桌上。霍兰德家的女士们仍习惯裹围巾、穿高领和长裙，过马路时还要提起裙子；对她们来说，对时尚作任何让步皆与她们的年龄不符。对于姐姐嘉莉，伊迪丝是心怀仰慕的。她对姐姐没有爱，倒有些惧怕，同时掺杂着深深的艳羡与妒忌。嘉莉继承了父亲那俊挺的鹰鼻和威风凛凛的气势；她风姿挺秀、肌肤瓷白，举手投足无不流露出高贵的风度。无论赫伯特、查尔斯还是威廉亦同样体态修长、风度翩翩；子女里唯有凯伊跟伊迪丝生得矮墩墩、胖乎乎。伊迪丝的思绪再度翩飞，她想：凯伊和自己大概是另一个家庭来的。实际上，凯伊是位又矮又胖的老绅士，蓄着整齐的白髯，一对湛蓝的瞳仁亮晶晶。其他几位哥哥都把脸刮得干干净净，在这一点上，他又"不合群"了。外貌这东西着实古怪，而且有失偏颇。人这一辈子的风评皆由外貌定夺。一个人若看上去平平无奇，就会被认定为平平无奇；但甚少有人看起来便无足轻重，除非他当真配得上此般"美名"。而凯伊似乎对现有的状态心满意足；不论他人轻视与否，还是其他什么，凯伊统统既不关心也不在意。在他眼里，拥有一间独属于单身汉的房间、一堆罗盘和星盘便足矣，相较之下，外界评价、娶妻成家与个人生活似乎都无关紧要——他是当今世界上关于地球仪、罗盘、星盘及一切同类仪器方面最伟大的权威。能如此满足于潜心钻研一门微小的学科，凯伊真是三生有幸，伊迪丝心想。（不过，对于某个从未爬过山见过海的人而言，这般爱好可能有点怪。在他眼中，这些都是收藏家精心排布、贴好标签的珍贵藏品，可在追求浪漫的伊迪丝看来，这不仅是一个渺无边际的黑漆漆的世界，充斥着纵横交错的枢轴、万向节、圆盘跟度盘、基尼金币似的黄铜和胡桃色木材，以及十二星座和海面飞跃的海豚；这是一片全然神秘的领域，险恶而飘摇，一眼望去，遍地都是为生存而咬牙坚持的衣衫残破之人。）"现在来谈谈收入的事吧。"威廉说道。

将母亲的余生安排与收入问题混为一谈，的确符合威廉一贯的作风，毕竟在威廉跟拉维妮娅眼里，俭省本来就是一项终身大业。因早熟而从树上掉落摔烂的苹果，必须一刻不耽误地做成水果馅点心，以免"暴殄天物"。于他们而言，生命中最大的洪水猛兽就是浪费。他们会把报纸卷起来点火用，而仅仅是为节省火柴。他们喜欢不劳而获，且乐此不疲。只有把栅篱内的黑莓一粒不剩地捡拾干净，装进小瓶里，拉维妮娅的心里才会舒坦。他们住在戈德尔明，坐拥两英亩地，在无数个悲喜交织的夜晚，二人埋头苦算家中的残羹剩饭是否够喂一头猪、一打母鸡下的蛋的价值是否超出饲养它们的谷粒的花费。好吧，他们一直这样俭省，必定非常乐在其中，伊迪丝默默想道；而眼下要是去考虑自打结婚以来挥霍掉的每一袋真金白银，二位必定苦不堪言。待我算算，伊迪丝想，威廉是家中的老四，今年得有六十四了；成家也有三十年了，子女学费等各项支出都计算在内的话，假使一年花掉一千五百英镑，统共四万五千英镑；那可真的是一麻袋一麻袋的金银财宝呀，海底探险者们在托伯莫里[1]终其一生所搜寻到的宝藏大抵也不过如此。这个时候，赫伯特张口了。一直以来，赫伯特好像什么都知道似的；他无疑是个蠢人，消息却可靠得很，这倒是一桩怪事。

"关于这个，我会同诸位原原本本交代清楚。"他用手稍稍整理了一下衣领，接着高高昂起下巴，清了清嗓子，摆出一副准备长篇大论的架势，盛气凌人地瞅了瞅身边的亲族，终于开口道，"我会同诸位原原本本交代清楚。此前，我曾与爸爸探讨过此事——可以说，他把我当作了自己的亲信。咳咳！你们很清楚，爸爸腰包里其实并没几个钱，现在人走财空，他的收入也没剩多少了。论净收入的话，妈妈一年就只

---

1 加拿大潜水重镇，水域中有20多艘沉船。

有五百英镑。"

大伙都在慢慢细品赫伯特说的一字一句。此时此刻，威廉同拉维妮娅交换了一下眼神，两人的大脑显然正在飞速算计，这可是他们夫妻二人最拿手的事。伊迪丝虽在亲族心里愚笨至极，有的时候却也精明得出奇——她不仅惯于透过人们嘴上所说看破他们内心所想，而且陈述推论时也直言不讳；与其说是"言行谨慎"，倒不如说是"让人窘迫"。眼下，对于威廉后面想说什么，伊迪丝一清二楚，只不过这次，她硬生生把话憋在了心里。尽管如此，当他真说出口时，她听后仍不禁暗自轻笑起来。

"让我猜猜，爸爸跟你讲悄悄话的时候，不会刚巧提到了那些珠宝吧，赫伯特？"

"确实提到了。诸位也清楚，在爸爸的所有财产里，那些珠宝还算是值点钱的。作为爸爸的私有财产，他认为该把它们无条件地留给妈妈，这样最合适。"

"这简直就是打了赫伯特跟玛贝尔各一记响亮的耳光嘛，"伊迪丝默想，"我估计他们原本是期望父亲将珠宝像祖传遗物那样留给长子的。"伊迪丝匆匆瞥了一眼玛贝尔，却发现后者比想象中要平静淡然。赫伯特显然已向妻子转述过父亲的话——伊迪丝想，要是他没因为未继承到珠宝而迁怒于妻子的话，那玛贝尔无疑撞大运了。

"既然如此，"威廉干脆地说——虽然他与拉维妮娅继承部分珠宝的愿望落空了，但一想到赫伯特跟玛贝尔同样幻想破灭，便也不禁幸灾乐祸起来——"既然如此，妈妈肯定希望卖掉这些珠宝。况且卖掉也无可厚非。那堆珠宝半点用处都没有，她何苦把它们放在银行里面呢？依我看，要是处理得当，这些珠宝低则可以卖到五千英镑，高则七千英镑。"

"比起珠宝或收入问题，更关键的是——"赫伯特接着说，"——妈妈今后要住在哪里。不能丢下她孤零零一人。不管怎样，这栋房子她无法再负担下去了，必须得卖掉。那么问题来了，妈妈今后要住到哪里去呢？"说到这里，他目光如炬，再次严厉地扫视了一下众人，"照顾妈妈是我们不可推卸的责任，这一点显而易见。妈妈得跟我们住一块儿。"这听起来像是一篇事先准备好的演说。

这伙儿老头老太，竟然在想着"处理"一个远比自己还要苍老的人儿，伊迪丝心里嘀咕着。可这在所难免。母亲会将一整年分成四小份：三个月跟赫伯特和玛贝尔住，三个月同嘉莉与罗兰住，再三个月去查尔斯家，最后三个月由威廉、拉维妮娅照料——那她和凯伊呢？他们要何时照顾母亲？伊迪丝回过神来，冷不丁冒出一句不太适合的话来："可我才是最该'首当其冲'的那个，毕竟我一直住在家里，还是单身呢。"

"首当其冲？"嘉莉怒问，语气里酝酿着风暴，伊迪丝当即蔫了。"首当其冲？我的伊迪丝乖乖！谁用这个字眼啊？妈妈唯一的生活重心被褫夺了，她的余生必是一片凄风苦雨。在这段时期尽自己的绵薄之力照料好妈妈，我相信这对咱们每个人来说都是一种快乐、一份无上的荣光。所以在我看来呢——伊迪丝——'首当其冲'这个词，完全不对啊。"

伊迪丝低声下气地表示赞同，心想的确不对。一个字眼，如果失去了惯用词汇的搭配，以这样的方式来回重复，就会显得古怪而生硬，好比"焕然一新"只说"一新"，"自视甚高"只说"甚高"，"七颠八倒"只说"八倒"[1]。这样一来就会变成某种粗鲁的撒克逊式词语，如woad和witenagemot[2]。冲击，生

---

1 作者此处举的这三个例子为spick without span, hoiyu without toity, turvy without topsy, 对应的完整形式分别为spick-and-span（焕然一新）、hoity-toity（自视甚高）和topsy-turvy（七颠八倒）。

2 这两个词含义是"靛蓝"和"国会"。

硬。真是个硬邦邦的词。可"首当其冲"究竟是什么意思？归根结底，"冲"究竟是什么意思？没错，这个词完全不对。"好啦，"伊迪丝说，"依我看，我该和妈妈住在一起。"

这时，她看见凯伊的脸上流露出一丝宽慰；他方才肯定一直在惦记他温暖的小窝跟那堆收藏，这点显而易见。赫伯特的声音犹如一波波的号声，不断袭向他的耶利哥之墙[1]。其他人也在思忖伊迪丝方案的可行性。未婚的女儿——她无疑就是那把解决问题的钥匙，合情也合理。然而霍兰德家的人向来绝非逃避责任之辈，问题越棘手、担子越沉重，他们就越要扛，越要上前。对这一家子而言，快乐与否无关紧要，但责任始终伴随左右。他们肩负的每项使命都十分重大，甚至严峻。他们无不继承了父亲的旺盛精力，时常会为鸡毛蒜皮之事闹不愉快。嘉莉总会替她的亲人们讲好话。她心不坏，但就像许多好心人那样，她也总把事情弄得鸡飞狗跳，搞得大家吵个没完。

---

1 传说约旦古城耶利哥城坚不可摧，不过据《圣经》记载，犹太人绕城行走七天后一齐吹号，上帝便降下神迹，城墙瞬间震毁，犹太军得以攻入城池。

"伊迪丝的话不是一点儿道理都没有。她长期居住家中，生活不会受到多大影响。当然，一直以来，伊迪丝都追求独立，渴求拥有一个属于自己的家，这点我很清楚，伊迪丝乖乖，"她的嘴角浮上一抹不合时宜的笑容，"不过，我觉得这无可厚非，"她继续说，"只要爸妈有需求，她绝不会置之不顾。尽管如此，眼下我仍认为这该是咱们大伙共同的责任。伊迪丝无私不假，妈妈甘于奉献也是真，但我们不该加以利用。赫伯特，威廉，我确信这也正是你们二位的心声。倘使跟我们轮住而不是物色新居，对妈妈来说想必也是件好事。"

"没错，"赫伯特赞同道，又整了一下领子，"完全没错，就是这样。"

威廉和拉维妮娅再次交换了一下眼色。

"当然啦，"威廉张口道，"虽然我们收入微薄，拉维妮娅跟我依然欢迎妈妈光临寒舍，这是我们的幸运。另外，财务方面我私觉也该做出些安排，这是为了妈妈着想，她会住得更开心，也能避免感到尴尬。也许一星期两英镑，或三十五先令……"

"我完全赞同威廉的看法，"查尔斯冷不丁加入谈话，"要我说，上将的那点儿退休金寥寥无几，家里多请一位客人都感觉要被掏空了似的。我住在一套小单元房里，过着吃白菜喝汤的生活，这点诸位非常清楚。我那儿也没有多余的睡房。当然，我非常盼望有朝一日，我的养老金额度能够有所调整。我已向陆军部写长信报告此事，也给《泰晤士报》寄过信，虽尚未见报，但毋庸置疑，他们想找一个最合适的时机刊登我的信件。不过我得承认，这届政府实在是糟糕透顶，我看不到半点改革的希望。"说罢，他轻蔑地哼了一声。对于这段发言，查尔斯自我感觉良好，不由环顾四周，想要得到家人们的称许。"上将"对查尔斯·霍兰德爵士来说可不仅仅是一个头衔。

"这样是否会有些难办……"新一任斯兰夫人开口道。

"住嘴，玛贝尔！"赫伯特说。这样同老婆讲话，于他而言早已是家常便饭了，事实上，玛贝尔常常只能说上四五个词就被迫住嘴。"拜托，这完全是我们家庭内部的事情。不管怎样，要细说这事都得等到——呃——等到我们那可怜的老爸下葬以后。反正我不知道是怎么谈到这种令人不快的话题上的，"——还不是因为威廉？伊迪丝想——"在此期间，妈妈的事才是重中之重。尽我们所能，让她心情舒畅些……毕竟，我们得时刻谨记，她的生活已经支离破碎。爸爸是妈妈活着的唯一意义，这点诸位非常清楚。倘使现在对她不管不顾，留她一人孤独过活，被人戳脊梁骨也是我们活该。"

啊，仅此而已？伊迪丝心里不由感叹起来：只在意旁人会怎么说？所以说，他们已经打算好将世人的交口称誉连同从倒霉母亲那儿弄来的几许小钱一并收入囊中了。吵吧，可劲儿吵吧，她心里默默嘀咕着，反正她先前也亲历过家里针锋相对的"盛况"；他们会为母亲的事唇枪舌剑地连续吵上数个星期之久，像一群为抢根老骨头狂吠的犬。凯伊是唯一一个不想参与此事的。威廉和拉维妮娅无疑表现最差；他们非常想要把母亲视作一位付钱的房客，然后在朋友们的交口称赞中得意扬扬、耀武扬威。嘉莉则会摆出一副高尚无私的殉难者的姿态来。这就是人离世后会发生的一系列事情，伊迪丝暗想道。随后她发现，除此之外，还有另一股思绪在她心头涌动，那就是她目前是否可以独立生活的问题。此时此刻，一幅幅美妙的画面缓缓浮现在她眼前。独属于自己的小型公寓，令人愉快的起居室，一名用人，一把门锁钥匙，无数个伴着毕毕剥剥燃烧的炉火读书的夜晚。日后再也不必替父亲回信、陪母亲去医院、整理家庭账目，或带父亲去公园漫步。她终于能养只芙蓉鸟了！由赫伯特、嘉莉、查尔斯和威廉去分担照料母亲的重任——她当然希望如此！纵使厌恶他们的纷争喧闹，但在心底她也承认，自己比家里其他人也好不到哪里去。

伊迪丝不希望跟母亲和已故的父亲单独留在这栋屋子里，这令她感到不自在，还有些害怕。她没有胆量说出自己的恐惧，只是使出浑身解数，变着法儿拖延兄姊们离开的时间。她讨厌嘉莉跟赫伯特，也看不起威廉和查尔斯，但此时此刻，就连这些人也成了她渴望能够陪伴自己的对象。她害怕大门最终在他们身后砰地关闭，将她独自关在屋里的那一刻到来，于是搜肠刮肚，斟酌出无数套说辞阻止大伙离开。哪怕凯伊能留在这儿也好，毕竟聊胜于无，可谁承想他却是所有人里第一个溜走的。她一路急匆匆地跟着他来到了楼梯平台；他好奇谁在尾随自己，遂转过身来，露出小撮整齐的白髯和肉乎乎的大肚腩。他的怀表链一直垂到了腹部。"凯伊，你要走啦？"在他听来，伊迪丝的腔调似乎透着一股谴责的意味，不禁有些气恼，然而实际上，伊迪丝的话里只流露出乞求的意思。除此以外，他的气恼里还夹杂着一丝愧疚，因为他原本确实打算去赴一场约的。他是不是更该留在埃尔姆公园花园用晚餐呢？但很快，他就替自己的良心找到一份慰藉：不能再给用人们添任何麻烦了。因此，当伊迪丝火急火燎地追过来时，他转过身来，摆出一副面带愠色又尽可能不失和气的样子。"凯伊，你要走啦？"

凯伊的确要走了。他得去用晚餐。临了，他又战战兢兢而略带使气地添上一句，表示只要伊迪丝想，他可以晚些时候再回来——无论如何，他都不想伤了和气。所幸的是伊迪丝同样胆小懦弱，她马上将刚刚追凯伊时想表达的所有谴责或乞求咽了下去。"噢，不是的，凯伊，当然不是；你回来干什么呢？我会好好照顾妈妈的。你明早来吧？"

"没错。"凯伊说完，松了一口气。他明天一早就过来。时隔多年，两人再度互相亲吻脸颊告别。一对苍老的兄妹轻啄彼此的脸颊，这正是死亡所触发的一连串奇妙效应。由于不习惯，鼻子都成了阻碍。吻毕，两人不约而同地抬起头，从黑漆漆的楼梯井凝望父亲的沉睡之处。此时此刻，一阵窘迫蓦然袭上凯伊心头，他急忙跑下楼，冲至外面的大街，终于感到如释重负。这是伦敦五月的一个傍晚，一如素日，出租车来往穿梭于英皇大道。菲茨乔治正在俱乐部等待着他，他不能让菲茨久等。他不愿搭巴士，还是坐出租车去吧。

菲茨乔治是他最年长的朋友，实际上也是他唯一的好友。他们之间足有二十余岁的年龄差距，然而一逾花甲之年，这道鸿沟便逐渐弥合起来。两位老先生志同道合，拥有不少共同爱好。他们皆热衷收藏，唯独在资财方面有所差别。菲茨乔治是位腰缠万贯的大富豪。凯伊则一贫如洗——虽然有个曾担任过印度总督的家族领袖，可霍兰德一家子都不算富裕。菲茨乔治手头阔绰，可以随心所欲地购买喜欢的东西，但人有些古怪，就爱像个穷光蛋似的蜗居在伯纳德街某栋屋子顶层的两居室里，享受着亲手淘到艺术品并占便宜的喜悦。他拥有善于发掘珍宝的双眸，且议价本事了得，总能淘尽黄沙寻到物美价廉的珍宝，例如他曾在托特纳姆法院路大型家具店的地库中，不经意间发现了多纳太罗（Donatello）[1]的大作。就这样，菲茨乔治以低价（他本人乐在其中，凯伊虽对此羡慕嫉妒恨，却也佩服得五体投地）购得各式各样的宝贝，这些藏品就连大英博物馆和南肯辛顿博物馆都垂涎不

1　多纳太罗（1386？—1466），意大利文艺复兴时期雕塑家、画家。

已。而他后续将如何处置这一系列藏品，众人无从得知。这堆宝物，他很有可能日后会统统遗赠给凯伊·霍兰德，但也不排除他会在罗素广场燃起一堆篝火将其全部烧干净的可能。在外界眼中，他似乎上无先祖，下无传人。除此之外，菲茨乔治把藏品都保存在自己眼皮子底下，不离左右，看管得甚是严密。曾有少数有幸拜访他、目睹过那个两居室的人，根据他们的讲述，他会把一张张明朝人物画卷起来放到袜子里，把一件件列奥纳多（Leonardo）[1]的画作堆放在浴盆中，埃兰人的陶器也被排列放置在椅子上面。在此期间，来访的客人势必只能干站着，因为椅子都被占满了。菲茨乔治先生会在燃气灶上烧一壶开水，然后不情不愿地端上一杯最廉价的茶水给客人，而在此之前，他一定会把那些贵重的玉碗一个不落地收拾起来。唯有婉言谢绝过那杯粗茶的客人才会受到他的第二次邀请。

　　几乎每个人都能一眼认出他来。每逢他头顶着一方礼帽、身着老式礼服外套晃悠进佳士得拍卖行时，大伙都会说："老菲茨来喽。"一顶方帽，一件礼服外

1　列奥纳多·达·芬奇（1452—1519），意大利文艺复兴时期画家，文艺复兴后三杰之一。

套，腋下时常夹着只小包——无论冬夏，他均是这身行头。那小包里究竟装着些什么？众人对此一无所知；许是一只德累斯顿酒杯，许是一条菲茨乔治先生晚餐要吃的腌鱼。他被视为真正意义上不拘一格的怪人，是伦敦人心中永远的宝。但尽管如此，大家在路上看见他时，也只会油嘴滑舌地讲一句"老菲茨来喽"，从来没想过当面叫他一声"菲茨"，甚至连凯伊·霍兰德也是如此。据说他这辈子最开心的事，便是克兰里卡德勋爵一命呜呼；那日，老菲茨扣眼里插了朵小花儿，沿着圣詹姆斯大街一路阔步，至于个中缘由，坐在俱乐部窗边的其他所有绅士心里都一清二楚。

　　菲茨乔治先生与凯伊·霍兰德的交情虽有三十余年，二人却从未建立起任何亲密关系。两人都是布斗斯俱乐部和茅草屋俱乐部的常客，人们时不时会看到他们在一块儿吃晚饭。二人各自付账，喝大麦煎的汤。其间，他们会没完没了地探讨价格跟门类，仿佛恋人之间诉说万千情愫。然而，他们对彼此的了解也仅限于此。凯伊是老斯兰勋爵的公子，这一点，菲茨乔治先生固然清楚，可另一方面，凯伊却同大家一样，对菲茨乔治先生的身世知之甚少。很可能菲茨乔治先生本人也对此不甚了解——基于他那令人浮想联翩的名字前缀，众人如此猜测道。当然，凯伊从未向他问及此事，甚至从未表露过丝毫兴趣。他们始终保持着某种美好的疏离。这也是菲茨乔治先生等候凯伊时感到有些忐忑的原因所在，他的心里七上八下，一边觉得自己该对霍兰德家的丧亲之哀有所表示，一边又认为这会严重违背他们之间那份宝贵的默契，不禁打起了退堂鼓。他不由生起凯伊的气来；一方面，他抛下自己的父亲已属不妥，另一方面，没有取消他们的约会也有欠考虑；尽管如此，菲茨乔治先生也很明白，自己心里早已将"取消约会"列为一道永不可赦免的罪过。他气冲冲地不停敲打着布斗斯俱乐部的窗子，忍着怒火注视着凯伊往这里走来。他心想，自己总得说点什么才对；最好是一刻也不耽搁地说完，赶快画上一个圆满句号。凯伊一定不是有意迟到吧？过去整整三十年来，他从未赴约迟到，从未！也从未缺席。菲茨乔治先生从口袋里掏出一块巨大而厚重的老式银质怀表（定价五先令），瞅了瞅时间。八点十七分。他对了对圣詹姆斯宫[1]的钟显示的时间。凯伊迟到了，而且迟到了整整两分钟——但眼下他已经来了，刚

1　位于英国伦敦，英国君主的正式王宫。

下出租车。

"晚安。"凯伊说，走了进来。

"晚安。"菲茨乔治先生说，"你来晚喽。"

"哎呀，的确如此，"凯伊说，"我们现在就去用晚餐，好不好？"

吃饭期间，他们谈到一对赛夫尔高级瓷碗，菲茨乔治先生声称这是他先前在富勒姆路找到的宝贝。凯伊此前也见过这对瓷碗，但认为这是伪造品。这种分歧本会引得两位老先生兴高采烈地讨论上一番，可今夜，菲茨乔治先生已然兴致全无；他总是欲言又止，每过一分钟，这份尴尬就加重一分，他就越发感到难以说出口，与此同时，他对凯伊的怒气也越来越大。如此令人扫兴的一场晚餐！这对他们来说还是头一遭。心灰意冷中，菲茨乔治先生不由胡思乱想起来，认定一切友情都是谬误；他悔不当初，胸中升起一股无名火——自己当初怎么会同凯伊混到一起！与他人保持一定的距离才是正道。他错了，他真的错了，他就不该为谁单独破例。他怒气冲冲地瞪着餐桌对面的凯伊，而后者正不断啜饮着大麦煎的汤，同时还不忘谨慎地擦拭那一小撮整洁的胡须，对自己引起的敌意浑然不觉。

"喝咖啡吗？"菲茨乔治先生问。

"我看行——好的，就喝咖啡。"

倒霉的老伙计，看着已经心力交瘁了——此般感想倏然浮上菲茨乔治先生心头。他不似平素那般捯饬得干干净净、整整齐齐，人也有些消沉，而且好像一直在强打精神找话说。

"喝点儿白兰地吗？"菲茨乔治先生问。

凯伊诧异地抬起头。他们一向不喝白兰地的。

"多谢，不必了。"

"就喝。服务员，给霍兰德先生上杯白兰地。记在我的账上。"

"我真的不……"凯伊张口道。

"别扯了。服务员，要最棒的白兰地，要1840年的。说到底啊，霍兰德，你还是个尚在摇篮里的小宝宝时，我就已经见过你喽。那时候，1840年的白兰地也才差不多'而立'而已。所以别那么小题大做的。"

凯伊并没有小题大做。此时此刻，他的注意力全都集中在老菲茨的另一句话上了——他尚在摇篮里时，老菲茨就见过自己！这句话犹如当头一棒，令凯伊震惊不已。他任凭思绪疯狂地涌回那些往昔的岁月。时间：1874年；地点：印度。所以说，老菲茨那个时候一定在印度喽。"你从未与我讲过，当年你去了加尔各答。"凯伊一边说，一边小心地啜着白兰地，以免沾到他那一小撮凡·戴克胡[1]。"我没告诉过你吗？"老菲茨答道，语调漫不经心，好似在谈论一件无关痛痒的事，"唔，当年我的确去了加尔各答。那时我的监护人不同意我上大学，就让我去世界各地云游了。（这事好诡异！听起来，老菲茨在青少年时期似乎被监护人管得很严？）令尊、令堂当年待我不错，"菲茨乔治先生接着说，"令尊时任印度总督，自然没多少闲暇，而令堂——在我的印象里她总是非常和蔼，是位极具魅力的女士。那时令堂尚值韶华，风华正茂。我还记得自己当时就在琢磨，这绝对是我眼里的全印度最绚丽的一道风景。另外，你对那些瓷碗的看法大错特错，霍兰德，无论过去还是将来，你对瓷器都一无所知。这个领域太过高雅，你配不上。你啊，还是潜心研究你那堆星盘什么的垃圾玩意儿为好，对你而言这才如鱼得水。还宣称自己会鉴赏瓷器呢，真有意思！跟我杠，瓷器方面，你学的那些加起来还没我忘的那点儿

1　一款经典的山羊胡，源自画家安东尼·凡·戴克。

多哩。"

对于这般辱骂，凯伊早就习以为常，他就爱老菲茨这样欺辱自己。他太开心了，开心得甚至都有点儿发抖。他坐在那里，静静聆听着老菲茨的数落，听他骂自己配不上"鉴赏家"的名头，说自己应该去集邮，没准还能干出些名堂。菲茨心口不一，凯伊深知这点，他不过是热衷于向自己叫板，就像只老态龙钟的四处啄食、求偶的鸽子罢了。凯伊扭过头，一面躲避着对方的唇枪舌剑，一面微微弓起背，垂首凝视着桌布，摆弄着刀叉，脸上一直挂着浅浅的笑意。他们之间的裂痕便这样奇迹般弥合，关系也修复如常，一如往日。菲茨乔治先生的情绪也因此大大好转，表示眼下若不同样来杯白兰地尝尝，他绝对会生无可恋、万念俱灰，最终精神崩溃。至于先前那些难以启齿的话，此刻他已经忘得一干二净，或以为自己已经忘得一干二净，也许它们仍在他的脑海中萦绕不散——那时，两人从俱乐部出来，站在台阶上正要道别，凯伊戴上了他那副麂皮手套——菲茨乔治这辈子都没戴过手套，而这副乳黄色手套凯伊·霍兰德始终随身携带——那一刻，菲茨乔治听到自己大声吼道："听闻令尊去世的消息我很难过，霍兰德。"这个举动让他自己都吃了一惊。

终于讲出来了，圣詹姆斯街并没有张开巨嘴一口把他吞下。讲出来，其实一点都不难。然而，到底是什么在冥冥之中又驱使他说出下面这番荒唐可笑又实在毫无必要的话来呢？——"没准哪天你可以带我拜访一下令堂。"为何他会阴差阳错冒出这么句话来？凯伊闻言一脸诧异，这种反应也算意料之中。"噢，好的——好，当然没问题——倘使你愿意光临寒舍的话。"他说，语气急匆匆的，"那行，晚安——晚安喽。"话毕，他匆匆离去，留老菲茨一人站在那里凝望着他远去的背影，琢磨着这是否是自己与凯伊·霍兰德的最后一次见面。

真是座诡异的宅第——伊迪丝的思绪又开始纷飞——宅子里、宅子外，说是两重天都不为过。纵眼望去，只见强光四射，嘈杂之声不绝于耳，到处张贴着媒体海报，新闻记者们仍在栏杆附近游移，众人讨论着威斯敏斯特教堂的讲话以及议会两院的演讲，叽叽喳喳的谈论声此起彼伏。屋内则一片寂静，宛如一场阴谋正在酝酿之中；用人们低声细语，大家上下楼梯时也轻手轻脚。斯兰夫人一进屋，大伙就会立刻噤声站起来，这时会有人走上前，轻轻牵她走到椅子旁，扶她落座。大伙待她的态度，就好似对待一个出过意外或一时精神错乱的人那样。然而伊迪丝内心坚信，母亲既不愿意让人牵引扶持着坐下，也不想要这般过于恭肃的亲吻，更不希望别人问她是否更想在自己房里用晚膳。唯一像待正常人般待她的，是她现已苍老的法籍女佣热努。热努与斯兰夫人年纪相当，均是垂暮之人，自夫人婚后始终陪伴侍候着她。眼下，热努一如平素，在家里忙活得热火朝天，她一面脚不沾地地四处忙碌，一面用她那英法混杂的独特语言喃喃自语，小声念叨着接下来要做的活计。因有事请示女主人，她不管有谁在场，仍一如既往冒冒失失地冲进客厅，张口便问道："不好意思，夫人，请问是否需要将老爷的衬衣送洗？"她的行为无疑把在场的所有家庭成员都吓了一跳。他们纷纷望向斯兰夫人，仿佛以为她会像只遭受撞击的花瓶般顷刻间支离破碎，然而斯兰夫人仅仅回答"对，老爷的衬衣务必送洗"，语气平静一如往日；接着，她转头对赫伯特说："赫伯特，我并不晓得你想要我怎样处置你们爸爸的遗物，只是，全部交给管家未免可惜，也未必合适。"

整栋屋宅上上下下弥漫着一股异样的气息，而眼下唯一不"异样"的就只有母亲跟热努了，伊迪丝默默想道。她可以从赫伯特、嘉莉、查尔斯和威廉的目光里读出一丝不以为然的态度，只是不便明说罢了。但此时此刻，他们绝不会让步，一切必须按自己定下的规矩来。母亲的人生已然崩毁，只是重压下依旧保持坚强而已。这场灾厄令她的世界天崩地裂，因而他们必须为母亲撑起一片荫蔽，所有亟须待办事宜及一切与外界联络的相关事项，均应交给她精明强干的子女们来处理。至于那个倒霉蛋伊迪丝，百无一用。众所周知，伊迪丝总是不分时间与场合地胡言乱语，总爱以忙碌为借口推脱自己应尽的职责；凯伊同样一无是处，不过在大伙眼里，他压根算不上这个家庭的一员。赫伯特、嘉莉、威廉与查尔斯四人站成一排，如同一条壁垒横亘在母亲与外界之间。然而事实上，这条防线并非密不透风，偶尔也会有消息悄悄渗透进来，好比国王和王后致以的深切哀悼——不过赫伯特也不太可能对此守口如瓶。勋爵的老家哈德斯菲尔德[1]希望获得斯兰家族的应允，举办一场追悼纪念仪式。格洛斯特公爵将代表国王出席葬礼。皇家刺绣学校的女

---

1 英国中北部工业城市，位于西约克郡。

士们已连夜赶制出一顶棺罩，首相和反对党领袖到时将各持其中一角。法国政府会派出一名代表；另有消息称，届时布拉班特公爵将代表比利时出席。这段时间以来，赫伯特把这些信息一点一滴地透露给母亲，缓慢又谨慎；他在试探，想看看母亲会作何反应，而斯兰夫人始终淡然处之。她总是说："当然，大伙都相当体贴。"有一次甚至还表示："亲爱的，你若高兴，我便心满意足了。"这话不由令赫伯特喜怒参半。现在他是一家之主，从某种程度上讲，一切致予父亲的敬意实质上都是面向于他。而眼下母亲成了中心人物，父亲自离世至下葬的这短短三四天也理所当然完全属于母亲一人。赫伯特一向自诩明事理之人。毕竟来日方长，在往后的岁月，他有充足的时间成为名副其实的新晋斯兰勋爵。所谓长江后浪推前浪，自然规律便是如此。可问题在于，只要父亲的遗身一日在家，他的母亲便享有一日的权威。母亲这样淡然，过快舍弃现有的地位，既不得体，也不必要。这三四天里，她应该哀思如潮，在公众面前竭尽全力悼念亡夫才对，在目前的情况下，任何"弃权"行径都不成体统。这便是赫伯特自有的一套道德准则。但也许——伊迪丝心里的小恶魔又絮絮叨叨起来——也许是父亲在世时已令母亲心力交瘁，以致今日她实在懒得再去缅怀他了吗？

此时此刻，这栋屋子里确实弥漫着某种怪异氛围，这种感觉以前没有过，未来也不会有——毕竟人只死一遍，父亲也不例外。是他的离世造成了如今这般局面——当然，父亲自己亦始料未及；在此之前，无人能够料到，父亲昔日德高望重、说一不二，撒手人寰之际竟让母亲摇身一变，走上至高的权威宝座；这份权威虽仅能维持短短的三四日，但货真价实，人人都得对她奉命唯谨。她一人便可决定威斯敏斯特教堂开门与否；整个国家必须等候她做出定夺，无论主持牧师还是全体教士，统统都要对她俯首听命；凡事都需征求她的意见、揣摩她的心思，且必须好声好气、小心翼翼；一个素日寂寂无闻之辈，骤然间成为举足轻重的大人物，说起来真是不可思议，恍如一场儿戏。往昔的岁月如同满涨的海潮，一股股涌入伊迪丝的脑海。记忆里，父亲如果心情不错的话，会在下午茶后去客厅找母亲。母亲那时正同孩子们围坐在一起，给他们念故事书。这时父亲会猛地将书合上，说现在大家一起玩个游戏，名叫"跟着头儿做"，于是大家可以在整栋屋子里随意玩耍，不过必须由母亲来当那个

"头儿"。大伙就这样手舞足蹈地一路雀跃前行，穿过寂然无声的档案室来到宴会大厅，脚下的镶木地板被踩得噔噔直响，裹着荷兰亚麻布的枝形吊灯在头顶熠熠生辉。一路上，大伙做着各式各样滑稽可笑的动作——毕竟母亲的新鲜花样层出不穷——父亲则跟在队尾，扮小丑装傻充愣，故意做错动作，每到这时，孩子们就会欢天喜地地尖声大笑，帮助他纠正动作，母亲则转过身（凯伊的小手紧紧攥着她的裙边）故作严厉地说："亨利，你真是的！"深浓的夜色中，不少大使馆、总督府都曾响彻过他们的欢声笑语。但在伊迪丝的印象里，曾经有一次，当时尚且年轻的母亲把档案室里的某份文件弄得乱糟糟的，孩子们也兴高采烈地你推我搡，将原本就一片狼藉的资料搞得更加凌乱不堪。就在这时，父亲的脸色蓦然阴沉下来，他以某种成年人特有的方式表示了自己的不满。片刻之间，他的欢乐连同母亲的欢乐一并倾塌，宛若蔷薇花零落成一瓣一瓣。回到客厅时，大伙都沉默不语，仿佛挨了骂似的。这就好似奥林匹斯山上朱庇特躬身而望，结果看到在自己假意离开时，世间一介俗子竟胆敢肆意对待他所珍视的宝贝那样。

而如今，母亲可以随心所欲地玩"跟着头儿做"的游戏了，时间足足有三四天，英国乃至整个欧洲的高官显要都会对母亲言听计从，只要她想，就得听凭她的兴致手舞足蹈地一路前行，去往格德斯绿地或者哈德斯菲尔德；与此同时，她也完全可以力排众议，拒绝前往威斯敏斯特教堂或者布朗普顿公墓。然而，令伊迪丝心里的小恶魔败兴的是，这回母亲并不愿意当什么"头儿"。对于赫伯特提出的一切，母亲统统接受。这与过去的场景简直如出一辙：七岁的时候，赫伯特在玩这个游戏时就曾给母亲出过点子——"咱们快去厨房里疯跑一番吧"。然而现在，她已是八十八岁高龄，赫伯特也有六十八了，母亲的默从让伊迪丝不禁感到深深的违和。赫伯特同样感到有些意外——他是勋爵之子不假，但女性的那种百依百顺仍使他大喜过望。因为这仅仅是一场需要遵守规则的游戏，所以在这短短的三四日内，他才要求母亲保有自己的主意。尽管如此，出于隐隐作祟的男性叛逆心理，他仍然对一切与他自身想法相悖的决定深恶痛绝。

赫伯特看到自己的想法逐条得到采纳，于是态度变得越来越温和，同时在内心反复告诫自己，这些想法皆源自他的母亲而非自己。最终，赫伯特离开母亲的房间，走下楼，回到在客厅再度齐聚一堂的弟弟妹妹们那里去了——不过伊迪丝感觉，他们似乎一直都聚在那里没有散过。母亲的选择是威斯敏斯特教堂，那就一定得是威斯敏斯特教堂。毕竟母亲肯定是对的。全英国最崇高卓越的子民皆长眠于此。他表示自己本更倾向于哈德斯菲尔德的教区教堂——不过在精明的伊迪丝看来，这番话的诚实度似乎有待考量——不仅如此，他还私下认为自己能够替大伙代言。然而，大家仍需要考虑母亲的意愿，也必须在威斯敏斯特教堂的盛名之下低头让步。毕竟这是一种莫大的荣誉，是一份盖世的荣光，是父亲此生戴过的最为闪耀的桂冠。嘉莉、威廉跟查尔斯都不由默默垂下头颅，对这一神圣的想法表示赞同。另一方面，伊迪丝则认为，若是看到遗体被安葬在威斯敏斯特教堂，父亲在天之灵也必将心满意足，虽然脸上还是会表现得不屑一顾就是了。想到这些，她不禁暗暗感到好笑。

皇家刺绣学校的女士们赶制的棺罩毋庸置疑华美异常。紫罗兰色的豪华天鹅绒上饰有纹章象征。首相适时地握住棺罩一角，神色端凝，那气度，那言谈举止，方方面面都拿捏得恰到好处，见过他的人无一不说："应该是首相来了，最起码也是位大臣，或者是内阁成员。"反对党领袖与首相并肩齐行；在这六十分钟内，二人将分歧暂且抛诸脑后，这实际上也是游戏的一部分，因为在共同的责任下，两人所行之事也大同小异，只是其各自拥趸不赞成他们采用相同论调罢了。两位年轻的王子仓促入座，虽匆匆忙忙，却并未失了礼数。他们或许茫然不解，为何命运要将自己同其他年轻人孤立开来，让他们去为新建的主干道路剪彩，或是参加政界人士的葬礼以示缅怀。不过这更可能在他们看来是每日的例行公事。

那真实究竟何在？此时此刻，伊迪丝如堕云雾，完全摸不着头脑。

葬礼结束后，埃尔姆公园花园的一切皆与往日有所不同。变化细微而不易察觉。大伙明里对斯兰夫人依旧重视有加，暗里却有一股厌烦的情绪，某种支配的欲望在赫伯特与嘉莉心中悄然萌生，并且深深扎根。赫伯特无疑成了家族的掌门人，嘉莉则是他的拥趸。二人准备拿出一副"恩威并施"的态度对待母亲。一方面，大伙仍会轻轻牵着母亲扶她落座，温和亲善、百般爱护地拍拍她肩膀，但另一方面，也必须让她明白，眼下还有成堆事务等待她处理，对死亡的妥协仅仅是暂时的，不可能持续到永远。如同斯兰勋爵办公桌上的文件那样，斯兰夫人也必须得到妥善

"处理"，如此一来，赫伯特和嘉莉才能得以尽快"回归事业"。说得已经足够清楚了。

此时此刻，斯兰夫人只是静静地坐在椅子上，凝视着面前的儿女们，一言不发。她纵然年老体衰，气质却依旧高贵。这个人，这张容颜，她的孩子们早已司空见惯；但在惊叹连连的生人眼中，这副姿容绝无可能出自一个年过古稀之人。斯兰夫人，一位苍老的美人儿，体态细长，玉骨冰肌，举手投足永远从容优雅，仪态翩翩。衣服穿着在她的身上，便不再是简简单单的布料，而是华丽精致的装点。此外，对于如何维持优美的曲线，斯兰夫人也深谙其道。她四肢修长，线条柔美而流畅；眼窝深陷，嵌着一对银灰色的眼眸，鼻子短而挺翘；一双纤纤素手娴静而柔顺，一眼望去，仿佛凡·戴克（Vandyck）[1]画就的杰作；一袭玄黑的蕾丝面纱掩映着满头银丝，流露出一种相得益彰的美。多年以来，她的裙服换了一套又一套，但无不质地柔软，浸染着浓沉的黑色。看到她，世人

---

1 凡·戴克（1599—1641），查理一世时期的英国首席宫廷画家，与雅各布·乔登斯和彼得·保罗·鲁本斯并称佛兰德斯巴洛克艺术三杰。

便会相信，原来一位女性，可以轻而易举地同时拥有美貌与优雅，就好比杰出的作品总让我们以为是唾手可得的成就。而更令人难以置信的是，斯兰夫人已然学会将生活安排得丰富多彩，繁忙又充实：责任，慈善，儿童，社会义务，公开露面——这一切让她应接不暇。每逢提及她的芳名，紧随其后的便是连绵不绝的溢美之词："她当真是丈夫职业生涯的贤内助！"噢，的确如此——伊迪丝心里默默嘀咕着——母亲一向讨人喜欢；正如赫伯特所言，妈妈当真伟大。但赫伯特在清嗓子了。这一回，他又会如何"语出惊人"？

"亲爱的妈妈……"这种称呼方式既幼稚又传统；说话间，赫伯特又伸手整理衣领。过去的日子里，母亲曾同他席地而坐，教给他陀螺的玩法。

"亲爱的妈妈，我们一直在讨论……我是说，大伙都不自觉地为您的未来感到忧心。您这辈子为爸爸付出良多，我们都有目共睹。他的离世必会给您的人生中留下一片空白，我们也非常清楚。大伙一直在考虑——这也是此番我们各自返家以前，请您来客厅同大伙一见的原因——大伙一直在考虑，您日后想选择住到哪里，又打算如何生活？"

"可你不是已经替我定夺了吗，赫伯特？"斯兰夫人答道，语气亲和而愉快。

赫伯特再次将指头探进衣领，不停地左瞧右看，整理着领子，伊迪丝甚至担心他会把自己勒死。

"嗨！亲爱的妈妈，什么叫'替您定夺'！'定夺'这个字眼很不合适。确实，我们先前拟定了一份小方案不假，可那是要您过目，看您是否赞成的。大伙考虑过您的喜好，也明白您舍不得放下现在这么多的兴趣跟日常活动。还有……"

"打住，赫伯特，"斯兰夫人开口道，"你方才说的兴趣跟日常活动是什么意思？"

"亲爱的妈妈，毋庸置疑，"嘉莉嗔怪道，"赫伯特指的是您的各种委员会，巴特西贫女接济站，弃婴收养中心，不幸姊妹组织以及……"

"噢，没有错，"斯兰夫人说，"我的兴趣跟日常活动，正是。接着说吧，赫伯特。"

"我们深知，若是您不在，"嘉莉说，"所有这一切都将陷于瘫痪。其中诸多机构都是您亲手创立的。其他的没您也无法运转。眼下您自然也舍不得就这样扔下它们吧。"

"不仅如此，亲爱的斯兰夫人，"拉维妮娅说——她小心谨慎，很怕生是非，一向只敢如此称呼自己的婆婆——"我们知道您无事可做不免空虚无聊，毕竟您一向精神抖擞！噢，不，我们实在想不出来，除了伦敦还有哪里适合您居住。"

斯兰夫人仍旧一言不发。她来回审视着自己的子女，神情虽然温和却暗藏着一丝讽刺，当真出人意料。

"还有，"赫伯特继续说回他原先的话题，刚刚被打断，他虽然耐着性子忍了下来，但心里难免还是有些不满，"关于这所房子，您虽有权居住，但以您的收入来看，您已无法继续负担这笔费用。因而我们提出如下建议……"他大致介绍了一遍先前的那套方案，此处不再赘述。

而斯兰夫人只是静静地听着。纵观其一生，她大多时间都在聆听旁人言语，而甚少发表自己的见解。眼下也不例外。听着长子在身畔喋喋不休，她自始至终一声不吭。而面对母亲的缄口不语，赫伯特倒也坦然处之。一直以来，母亲都习惯于由别人替她安排行程，无论让她乘轮船去开普敦、孟买或悉尼，还是叫她将行装与幼儿用物统统送至唐宁街，抑或是陪伴丈夫去温莎度周末，诸如此类，母亲一概欣然接受——对于这些，他心里再清楚不过。母亲一向从令如流，行动既有条不紊，又干净利落。她的着装永远整洁而得体，总是带着大堆行李，款款现身于码头或月台，静静等候别人来接自己。于是赫伯特自然相信，母亲会采纳他们的方案，酌情调配时间，在儿女家中的空余睡房度过余生。

待他语毕，母亲说道："真是何等贴心，赫伯特。拜托你明日便将这栋宅子交由中介处置吧。"

"棒极！"赫伯特说，"您能同意，我太高兴了。也请您少安毋躁，房子售出需要一些时间。妈妈若得便，我与玛贝尔随时恭候您下榻寒舍。"说完，他俯身轻轻拍了拍她的手。

"噢，稍等一下。"斯兰夫人一边说，一边举起方才被赫伯特拍过的那只手。这还是她头一回打手势。"别那么急，赫伯特。我不赞成。"

众人一脸惊惶，目光齐刷刷地落向她。

"妈妈，您不赞成？"

"没错，"斯兰夫人说着，唇边浮现出一抹微笑，"我是不会跟你住在一个屋檐下的，赫伯特；我也不打算去你家，嘉莉；也不去你那儿，威廉；你也不例外，查尔斯。诸位的好意我心领了，不过我已经做好决定，打算一人独住。"

"一人独住，妈妈？这怎么可能办得到——况且您住哪儿呢？"

"汉普斯特德。"斯兰夫人答道，说罢轻轻点了点头，似乎在回应自己灵魂深处的一道心声。

"汉普斯特德？——可您找得到合适的房子吗？既得便利，价格又要实惠？——真是的，"嘉莉开口说，"我们在这儿大谈特谈妈妈日后的住宿问题，好像一切都板上钉钉了似的。真是荒唐。真不晓得我们是怎么回事。"

"那里就有这么一栋宅子，"斯兰夫人边说，边再度点了点头，"我看过。"

"可是妈妈，您压根没去过汉普斯特德。"这太说不过去了！再怎么说，最起码在过去的十五年里，母亲每日的行动踪迹，嘉莉都一清二楚。也正因如此，她完全接受不了自己对母亲去过汉普斯特德这件事一无所知。这种自作主张的行为简直罪大恶极，几乎就是一种公然的挑衅。长久以来，斯兰夫人都与她的长女保持着密切联系；她们总是一块儿拟定每日的计划。每天早晨，她们都会叫热努替她们来回传递便条，或者干脆煲个电话粥，再不然，嘉莉还会在早餐后亲自到埃尔姆公园花园来。嘉莉自视甚高，她体态修长，讲究实际，办事雷厉风行，平日里手套、帽子、围巾全副武装。她的包里总是放着购物清单，以及当日下午委员会的议程文件。两位老妇人会一起商量当天的行程，斯兰夫人还会顺手做点针线活。然后，她们会在大约十一点三十分的时候一道出门，去料理当日的事务。这一对纤瘦修长的黑衣女子，在街坊四邻的老妇人里无人不知、无人不晓。就算哪次不顺道，事情办完后，嘉莉也会顺便去埃尔姆公园花园喝杯茶，详细了解一下母亲当日的情况。因此，斯兰夫人是绝不可能瞒天过海，在她不知情的情况下去汉普斯特德的。

"三十年前，"斯兰夫人说，"我那时候看过。"说着，她从针线篮里取出一束羊毛线，伸手递给凯伊。"拜托帮我撑一下，凯伊。"她动作轻柔地拆开小结，缠起毛线来。此刻，她看上去神色淡然，沉静如水。"那栋宅子准还在原地，我敢确定。"她一边小心翼翼地缠着毛线，一边说道。与此同时，凯伊站在她面前，凭借多年养成的习惯，有节奏地上下交替移动着双手，使毛线从指间滑落，而不致中途卡住。"那栋宅子还在那儿，我敢确定。"她说道。她说这番话时既似心驰神往，又如成竹在胸，仿佛她与那座房子心有灵犀，即便三十载的光阴也无法消磨它等待她的决心。"那是栋非常便利的小宅子，"她接着说，语气淡淡的，"大小适中——我想热努一人就能料理得井井有条，没准还得雇个清洁女工来做些日常的粗活——那儿还有一座美丽的花圃，墙边有几棵向南的桃树。我初次去的时候那里正在招租客，当然肯定不合你们老爸的脾胃。那位中介的名字我还有印象呢。"

"什么？"嘉莉怒气冲冲地说，"那中介叫什么？"

"一个很有趣的名字，"斯兰夫人说，"这大概就是我至今印象深刻的原因吧。巴克特罗夫。乔维斯·巴克特罗夫。这个名字跟那栋宅子，二者真是相得益彰啊。"

"噢，"玛贝尔双手合十，说道，"听着就让人垂涎欲滴——蜜桃、虹鳟[1]……"

"住嘴，玛贝尔！"赫伯特呵斥道，"当然，我亲爱的妈妈，如果您实在坚持如此——啊——不走寻常路，执行此番令人称奇道绝的计划，那我等自然无话可说。再怎么说，您的事当然是您自己说了算。可话说回来，您膝下子孙满堂，即便这样，您仍然选择去汉普斯特德一人独住，在那里过避世绝俗的生活，这

1　"巴克特罗夫"（Bucktrout）这一名字有"雄性鳟鱼"之意。

在世人眼里是否会有些匪夷所思？当然喽，我可没有半点逼迫您的意思。"

"我并不这样认为，赫伯特，"斯兰夫人刚缠完毛线，说道，"多谢了，凯伊。"接着，她在一根长长的毛衣针上打了个结，开始编织。"不少老妇都在汉普斯特德安享晚年。况且我在意世人眼光已经够久了，现在是时候远离他们，给自己放个小假了。老了再不对自己好点儿，那还待何时？时日无多了啊！"

"也罢，"嘉莉竭力打着圆场，做着最后的努力，"至少让我们确保您不会六亲无靠。咱家人丁兴旺，每天至少安排一人去您那边应该不成问题。哎呀，不过汉普斯特德离这儿不近，安排汽车出行可不简单。"说到这里，嘉莉别有深意地望了一眼她怯生生的、缩头缩脑的丈夫。"可毕竟还有曾孙跟曾孙女们啊，"她忽然话锋一转，脸上露出喜色，"您肯定喜欢看他们进进出出，跟他们亲近些的；他们不在，您一定会难过，我知道的。"

"正相反，"斯兰夫人说，"这是我决定好的另外一件事。嘉莉你瞧，我要彻彻底底放纵一回了。我要快快活活地度过晚年。不需要孙子孙女来陪。他们的年纪还太小，哪个都没过四十五。曾孙、曾孙女就更不需要了，这只会搞得越来越糟。我可不愿意身边围着一群精力过剩的年轻男女，他们都是些得陇望蜀、贪得无厌而且不懂得适可而止的家伙。我可不想他们拖家带口地来看我，这只会提醒我，这些可怜虫要度过何等艰苦卓绝的一生，才能得到安息。我巴不得将他们统统忘诸脑后。比起'生'，我更想要那些接近'死'的人陪在我身边。"

母亲定是疯魔了——赫伯特、嘉莉、查尔斯和威廉不约而同地想道。从前他们就一直觉得母亲愚笨迟钝，眼下更是料定衰老影响了她的大脑。好在这回，母亲的疯魔倒是有益无害，甚至给他们提供了方便。或许威廉正在为失去的家账补贴而惋惜不已，嘉莉跟赫伯特也仍然对外界看法有所顾虑，但不管怎么说，看到母亲能妥善解决自己的事情，大伙都如释重负。凯伊却盯着母亲，一脸不解。长久以来，对于母亲，他从来都没想太多——其他人亦是如此。无论是母亲的温文尔雅、无私奉献，抑或安于现状，大伙从来都没想太多。然而此时此刻，凯伊平生首度意识到，就算是长久以来朝夕相处之人，有朝一日也可能令你大吃一惊。唯有伊迪丝一人内心欢乐不已。她认为母亲并非疯癫，反是出奇的理智。看到嘉莉与赫伯特节节败退的窘态，看到母亲无声地挣脱了他们两人的束缚，一股由衷的喜悦涌上了伊迪丝心头。她轻轻鼓着掌，声若蚊蝇般地喃喃道："继续呀，妈妈！继续呀！"只是心底还有些谨慎，她才最终没有把这话大声喊出来。此前母亲从未如此伶牙俐齿，如今听来让她痛快不已——算是在清早的一连串惊奇之中，最令她开心的了，因为斯兰夫人一向寡言少语，鲜少抒发己见，甚至在低着头编织或刺绣的时候，她也会把脸上的表情一并隐去，只是偶尔问一句："怎么了，亲爱的？"但这也完全让人摸不透她内心的真实想法。眼下伊迪丝才明白，母亲这些年来纵使克己慎行，表现得和蔼可亲，可在这层保护色下，她恐怕一直都有着自己的想法。既然如此，这么多年来，她究竟都注意过、记录过什么？或者批评过、隐藏过什么？眼下，她似乎在针线篮里翻找着什么，同时再度开了口。

　　"我已将珠宝从银行拿出来了，赫伯特。你跟玛贝尔收下吧。几年前我就有意送给玛贝尔了，奈何你爸那时反对。但这只是其中的一些而已。"说话间，她翻过针线篮，把里面的物件尽数倒在腿上。东西杂七杂八的，有皮革小盒、面巾纸、数枚散石，还有几束毛线。旋即，她移动着那双纤纤素手，从中仔细挑拣起来。"伊迪丝，拉铃叫热努来。"她抬头看了一眼，说道。"我一向不爱珠宝，这点诸位非常清楚，"她喃喃说着，仿佛是讲给自己而非旁人，"这么多珠宝都为我独占，太令人惋惜，也太暴殄天物。你们父亲过去常跟我说，在特殊或重大场合必须打扮得漂漂亮亮。以前在印度的时候，他就经常在塔什伊哈内拍卖会上大肆购买。你们父亲坚信，王子们若是见到我穿戴他们送的礼物定会心花怒放，尽管他们很清楚这都是我们自己花钱买的。他或许没错，但我总觉得这样傻乎乎的——简直是一出荒唐的闹剧。我曾有颗黄玉，很大，通体赭黄，未镶嵌，拥有数十个切面。不知你们这些孩子还有印象没有？以前啊，我就爱让你们捧着这颗黄玉，透过它观察火焰呢。透过它，一朵大火焰，会化成无数丛小小的火苗，有的向上燃烧，也有的向下绽放。每次你们用完下午茶从楼上下来，我们就会一块儿坐在炉火跟前，举着那颗黄玉，观看跳跃的火苗，一如暴君尼禄观看罗马大火[1]。只是那火并非幽绿，而是赭色。我估计你们大概都没印象喽，

1　罗马大火发生于公元64年7月18日。有关起火原因，一直众说纷纭，有说是暴君尼禄为观看神话中特洛伊城毁灭时烈火熊熊的情景而放火。

毕竟是六十年前的往事了。当然啦，后来那颗黄玉被我搞丢了，人们老是搞丢自己最爱的珍宝。我其余的东西一直都保存得好好的；这也许要归功于热努，一直以来都是她负责保管，她用来藏东西的地方一向出人意料，她不信任保险箱，就爱把我的钻石藏到冷水壶里，据她说，那个地方，无论哪个窃贼都绝对想不到。那时我常常想，假使热努哪天突然走了，该去哪儿找这些珠宝，连我自个儿都不晓得——可在过去，那颗黄玉我一般都是放在口袋随身携带的。"斯兰夫人正沉浸在往昔的旧梦里，就在这时，热努走了进来，她的回忆也随之戛然而止。热努走起路来，好似游走在黄叶中的蛇般沙沙作响，亦如自行车的车座般叽叽嘎嘎——只要五月没过，她绝对会一直穿着那用来加固束腰的层层棕纸，也断然不会脱下用来应付英国气候变化的衫裤相连的内衣。

"夫人方才拉铃了？"

是的，伊迪丝默默想道，这里会叫热努来的只有母亲；能拉铃的只有母亲；虽然大伙齐聚于此，但能"调兵遣将"的终究也只有母亲一人：赫伯特正缩头缩脑、鬼鬼祟祟地左顾右盼；嘉莉昂首挺胸地站着，一副气哼哼的模样；查尔斯则来回捻着他那撮小胡子，活像在削一根铅笔——不过查尔斯怎样，又有谁在乎呢？甚至连陆军部也不怎么在乎他，这点查尔斯心知肚明。其实大伙心里都清楚，根本就没什么人在乎他们，这也是为何他们说起话来总是咋咋呼呼的。时至今日，母亲终于不再似过去那般沉默寡言。就在这时，热努走了进来，看她的样子，仿佛母亲是这间屋子乃至这整栋宅子里唯一有资格发号施令的人。热努明白该尊重谁。周围窸窸窣窣的说话声此起彼伏，而她一概无视，张嘴就问："夫人方才拉铃了？"

"热努，那些个小玩意在你那儿吧？"

"当然了，夫人，在我那儿呢，不过我都叫它们'珠宝'。夫人要我把那些珠宝取来吗？"

"请取来，热努。"斯兰夫人下定决心，说道。与此同时，热努快速瞥了一眼周围的这帮人，好似赫伯特、嘉莉、查尔斯、威廉、拉维妮娅，甚至被冷落一旁、纯良无害的玛贝尔都是窃贼，而她夜夜不辞辛劳，把钻石统统丢进冷水壶为的就是提防他们。过去的岁月，在印度和南非，热努常凭空听到游廊上传来细微的响动，觉得有窃贼在偷偷摸摸地走来走去，他们正垂涎于总督的珠宝——"这群卑鄙的黑鬼"——而这份她尽心尽力守护的财产，眼下却被一群来自英国的披着合法外衣的危险分子惦记上了，而且形势迫在眉睫。夫人温柔敦厚，不食人间烟火，有时候还糊里糊涂的，永远不能指望她会照顾好自己或是照看好自己的财产。而热努生来忠心耿耿，是一名称职的"守护天使"。"这些戒指是可怜的老爷特意送给您的，夫人肯定还记得吧？"

斯兰夫人垂首凝视着自己的双手。正应了那句谚语：戒指满手。每一句谚语，每一句老生常谈，其中的含义都曾与人类的切身经历紧密相关。如果说所有谚语都具有意义，那这句话的意思就是：宝石满手，难承其重。斯兰夫人的确称得上是戒指满手。每枚戒指，都是斯兰勋爵亲手为她佩戴——这无疑是伉俪情深的象征，但同时也是与"斯兰夫人之手"相衬的装饰。此时此刻，那枚硕大的、嵌满钻石的半环形戒指正安然地盘绕在她的玉指之上。（过去，斯兰勋爵时常会注意到，爱妻的手就如同鸽羽般绵软。这么说一方面是对的，毕竟那双纤手柔若无骨，一握就好像要融化了似的；但另一方面也是错的，因为一眼看去，这双手不但美如玉笋，更仿若雕刻般棱角分明。只不过，斯兰勋爵肯定更看重她具有女性魅力的方面，至于那些更加微妙、不可捉摸之处所体现的真正含义，他则一概视而不见。）斯兰夫人垂首凝视着自己的双手，仿佛热努方才的一番话才让她这辈子首次留意到它们。手是人体的组成部分；即便蓦地映入眼帘，人们也只会向它投去最漫不经心的一瞥；倏忽之间，"手"不再近在眼前，而是犹如远在天边；人们会观察自己的双手，赞叹于那巧妙的关节构造，惊叹于提起它的刹那所产生的奇妙反应，仿佛它们是属于另一个人、另一台机器；人们甚至还会出于审视或兴趣，细细查看自己鹅卵形的指甲、肌肤的毛孔、指骨和指节上的褶皱，以及它是肤若凝脂还是皮粗肉糙；手为人所役使，人却从未细究过手的脾气秉性；从观掌术来看，手的脾气实则与其主人的性情密切相关。一眼望去，有人戒指满手，也有人因劳苦而手上老茧横生。斯兰夫人垂首凝视着自己的双手。这双手已同她朝夕相处了一生。它们从孩提时代肉乎乎的小手，长成如今一位老妪瓷白光洁的手。她随意摆弄着指间的半环形钻石戒指跟半环形红宝石戒指，陷入了对往事的回忆。多年以来，这两枚戒指与她形影不离，俨然已成为她的一部分。"没事的，热努，"她开口道，"放心吧，这些戒指是属于我的，这点我非常清楚。"

然而，其他物件并不是她的，实际上她也没想要过。热努将珠宝依次取出，递给赫伯特，心里像乡民售卖给人一窝鸡蛋时那样悄悄算着数。至于赫伯特，他则一一接过，然后转交给玛贝尔，那架势活像泥瓦匠把砖头递给工友。他向来只在意价值，毫无美的意识。斯兰夫人坐在一边，静静看着。她与赫伯特截然相反，仅仅关注美，而从不在意价值。这些物件无论成本还是适销价格，于她而言皆毫无意义。它们美丽与否，才是她最在意的，倘若真的美，她内心也不存丝毫独占欲望。这些东西能令自己回想起往昔岁月里最瑰丽的一点一滴，这才是她最在意的。那些西藏喇嘛使者带来的玉制权杖啊！时至今日，当年呈献权杖的仪式，每个细节她仍记得一清二楚。那些身穿黄衣的使者蹲坐在地，用长如巨象大腿的骨头奏出阵阵乐声，听起来犹如野兽仰天长啸。记忆中，自己当时正跟总督一同在皇廷里正襟危坐，她心里虽然觉得好玩，但仍强忍着未言表。那时她便琢磨着，这和狭隘的英国人调侃波兰名字里一连串陌生的辅音没什么两样，二者简直半斤八两。可抛开"陌生"不谈，究竟是什么让她在用西藏大腿骨奏出的尖啸声前哑然失笑呢？若听了库贝利克的曲子，西藏喇嘛大概也会忍俊不禁吧。再后来，印度王子们送来礼物，正是眼下埃尔姆公园花园里热努交给继承人赫伯特的珠宝。印度王子们非常明白，他们的礼物日后会先集中出现在塔什伊哈内拍卖会上，后再由总督依据自己钱包的厚度及其他考量因素酌情购回。坑坑洼洼的珍珠以及未经打磨的祖母绿宝石，这些带有明显瑕疵的宝贝此刻正在热努与赫伯特的手间传递。前者愤愤不平，后者虽装模作样，心里却垂涎三尺，早已急不可耐。开启的红色天鹅绒盒子里，琳琅满目的手镯跟项链令众人眼花缭乱。"全部珠宝都收得好好的。"热努边说边猛地盖上了盖子。待一切结束，小小的书桌上，珠宝盒已堆积如山。"我的玛贝尔乖乖，"斯兰夫人说，"看这架势，我最好借你只皮箱喽。"

满满的战利品。威廉和拉维妮娅馋得不禁两眼冒光。斯兰夫人却对他们贪婪的目光视若无睹，对二人因这场不公分配萌生的怨气也毫不在意。拉维妮娅连一枚胸针都没捞到！斯兰夫人压根就没想过该如何分配家产，这点显而易见。拉维妮娅和嘉莉默默注视着这一切，胸中怒火熊熊。如此随意潦草地处置财产，简直无异于犯蠢。对于这一切，赫伯特不但心知肚明，而且还高兴得很——我们的内心总是容易这样充满喜悦。赫伯特就爱看他们这副狼狈的窘样，决定火上浇油，于是破天荒地对玛贝尔讲了一句肉麻的情话："我亲爱的，戴上这串珍珠项链吧；我相信这宝贝会与你交相辉映。"然而实际上，脸庞窄小、面容枯槁的玛贝尔与那串珍珠项链并不相称——玛贝尔年轻的时候也曾是个大美人儿，然而，再艳丽的容颜也很快会凋谢，现如今，她已年老色衰，曾经的一头秀发失去了光泽，变得如灰土般枯涩暗沉；而她的皮肤则比头发还要黯淡无光。过去，那串珍珠项链戴在斯兰夫人佩有花边饰带、线条柔和的颈间，是那样熠熠生辉、光彩夺目，眼下却在玛贝尔瘦骨嶙峋的脖子上黯然失色。"当真漂亮极了，亲爱的玛贝尔，"拉维妮娅抬了抬她的单片夹鼻式眼镜，说着，"说来也奇怪，为何这些东方来的礼物品质总是如此堪忧？细细一看，这串珍珠项链实在泛黄得厉害，真是的——简直就像用旧了的钢琴键。从前妈妈佩戴的时候，我可从未注意过它色泽这样暗黄。"

"妈妈，关于那栋宅子的事，"嘉莉说，"明日您是否方便去看一下？我想我下午有空。"说罢，她从包里取出一小本日程簿，查阅了起来。

"多谢，嘉莉，"斯兰夫人说道，接下来的话为这已惊奇连连的一早添上了更为"浓墨重彩"的一笔，"不过我已经约好明日去看那栋宅子了。我还是希望独自前往，你的好意我就心领了。"

于斯兰夫人而言，只身前往汉普斯特德等同于一场刺激的冒险之旅，在查令十字车站平安换乘之后，她的心情不由得越发畅快起来。自从搬进埃尔姆公园花园，那段曾经仅限于帝国边界的岁月便逐渐消逝。也许，她是那种走遍天南海北、看遍五湖四海也不会有丝毫动心、能够始终保持自我之人。或者她真的垂垂老矣。八十八岁高龄，已经可以这么说了。这种对年龄的意识和感觉奇异又有趣。她的才思一如既往敏捷，头脑较之以往甚至更加敏锐。由于深知寿数将尽，她的思维变得越发灵活；因为要抓紧剩余无多的时日，她的心潮也日渐澎湃起来。唯独身体变得有些颤颤巍巍，方向感也大不如从前，她变得惶惶不可终日，总是害怕不小心踩空一步，或是弄洒茶水；她时常提心吊胆，整日战战兢兢；她意识到要谨防遭到推挤或催赶，因为那样会暴露自己的脆弱和乏力。年轻人似乎并不总能注意到她或是体谅她，就算注意到她，往往也会面露一丝烦躁，故意把脚步放得慢慢吞吞，以便与那迟缓的步伐保持相同的节奏。由于这个缘故，斯兰夫人向来不爱跟嘉莉一块儿走去街角搭乘巴士。不过只身前往汉普斯特德则是另一回事，不仅没有带给她一丝"自己老了"的感觉，反而让她体会到这数年来未曾有过的年轻与活力——纵然是自己人生的谢幕之旅，但她仍迫不及待地开启了这段崭新的征程，这难道不就是最好的证明吗？况且，她看起来也并不似八十八岁那般苍老。此时此刻，她已坐上地铁，身子虽随着车厢的颠簸微微摇晃却坐姿笔挺。她紧紧攥着雨伞和提包，把车票仔细地收在手套里面。同行旅伴们若是知道两日前她刚将丈夫葬在威斯敏斯特教堂，会作何感想呢？这点她并未考虑。眼下，填满她心灵的，唯有成功摆脱嘉莉后铺天盖地而来的舒爽。

（莱斯特广场。）

而今亨利逝去，一股莫名的释然倏然袭上她的心头。终其一生，她总是模模糊糊地感觉到，世事的发展永远出人意料，因与果往往看似毫不相干。这便是其一。她曾经问过亨利，这种现象是否也存在于政界。他一如既往地、像对待所有人那样认真而礼貌地聆听了她的问题，但显然并没有弄清楚她想表达的意思。不过大多数时候，亨利都能精准领会说话者想要传达的想法。他会鼓励对方畅所欲言，同时用那双闪烁着诙谐光芒的鹰眼一般的眼睛静静凝视他们。无论说话者如何不善辞令，最终他都能将对方所要表达的中心意思精准捕捉，然后紧紧握在掌中，像魔术师轻松自如地抛掷一颗颗金球那样，借助他超群绝伦的才智，将其从原先的死板笨拙变为一朵朵浪花飞沫、一股股源泉活水、一篇篇锦绣华章——这就是亨利的惊人之处，以及迷人之处，这也是他被赞为世上最富魅力之人的原因所在：无论面对的是议事桌旁的内阁大臣，还是晚宴邻座战战兢兢的年轻女性，哪怕是最微不足道的请求，他都会竭尽所能地提供帮助。从不轻视、敷衍任何人——这就是亨利的处世之道。无论多小的话题他都不愿放过，而且与自己的工作、兴趣越不相关越好。他不仅会同初涉上流社交圈的富家小姐讨论晚装，还会跟副官探讨马球比赛用的小马，随便找谁聊一聊贝多芬也完全没有问题。亨利就是这样将无数人拉入某种错误的幻想，以为自己真的引起了他的关注。

（托特纳姆法院路。）

然而，当爱妻问起"万事因果毫不相干"这一问题时，他却摆出一副回避的态度，转而拨弄起她指间的戒指来。那些戒指如今就在眼前，一枚枚在她漆黑的手套下隆起。她不由叹息一声。她常常投石问路，亨利却从未能给予回应。终于她接受事实，并自我安慰说在这世上，她大概是唯一一个他不必费心思取悦的人。她这样嘉赞自己，理由虽苍白勉强，却也发自肺腑。可事到如今，她却悔不当初：她本有那么多事想同亨利促膝长谈，那些无关痛痒的事，听着不会头疼的事。在长达将近七十年的时间里，她本可以尽情使用这独一无二的机会，享受这无尽的特权，然而，一切都不可能了，全部烟消云散，静静地沉睡在威斯敏斯特教堂的厚厚的石板之下。

（古奇街。）

如今她成功甩掉嘉莉，他若泉下有知，也定将喜不自禁。他向来不怎么喜爱嘉莉；她甚至不确定，是否有哪位子女赢得过他的宠爱。他从来没有为难过任何一个人——这算他一贯且典型的作风——尽管如此，斯兰夫人却对他非常了解（虽然从某种意义上来说，她对他一点都不了解），对他的喜恶一清二楚。他夸起人来一向字斟句酌，很有分寸；相反，若是一句赞许都没有，那这背后必定大有文章。在她的印象里，亨利未曾讲过嘉莉半句好话，除非"真是天杀得能干啊，我的好闺女"也能算作称赞。他每次看着赫伯特时，内心的喜恶也全然写在眼里。查尔斯整日埋天怨地，他这个做父亲的却未曾动过半分恻隐之心。

（尤斯顿站。）

每逢谈起这个儿子，斯兰勋爵的一举一动、一颦一笑都仿佛在说："这个既好夸夸其谈又整日怨天尤人的家伙，眼下我是不是该挺身而出，把我对政府机关的看法一字一句好好跟他掰扯清楚？再怎么说，在这方面，他知道的那点东西跟我比还是小巫见大巫了。"而据斯兰夫人所知，他从未将其付诸实践，宁愿选择默默忍耐。面对威廉，他更是毫不掩饰，唯恐对其避之不及，虽然斯兰夫人出于对爱子不厚道的偏护，总是试图劝他，说他之所以对威廉"退避三舍"，实际上都是心里厌恶拉维妮娅所致。"我亲爱的，"有一次，亨利实在不堪忍受这一连串的谆谆劝告，感慨道，"这些家伙太会算计。我觉得自己实在跟这种人合不来，太难了。"斯兰夫人叹息一声，说他讲得没错，并表示毋庸讳言，可怜的威廉一定是近墨者黑，受了拉维妮娅的荼毒。听了这话，斯兰勋爵忍不住回敬道："何谓荼毒？他们俩彼此彼此吧。"对他来说，这种反问已经算是相当刻薄了。

（卡姆登镇。）

另一方面，他对伊迪丝倒是宠爱有加，虽然这份喜爱里也夹杂着些许"利己"的成分。她长期待在家里；她总是非常热心，从不吝于伸出援手；她不仅常带他出门漫步，还会替他回复信件。的确，她有点儿稀里糊涂的，常常弄乱信件，懵懵懂懂地白忙一番，有时寄了信但未署名，有时署了名又未写地址，如此一来，这些信件便会退回原址，即"埃尔姆公园花园，斯兰"。对于此类尴尬事件，斯兰勋爵往往不气反笑。"真是天杀得能干，我的好闺女"——斯兰勋爵从来没这样说过伊迪丝一次。斯兰夫人偶尔忍不住会想，他的确喜爱小女儿不假，但更多是因为伊迪丝给了他嘲笑她的机会，而非仅仅是离不开她好心好意的侍奉。

（查尔克农场。）

该说说凯伊了。凯伊人很怪，身上问题一箩筐。斯兰夫人本想好好回忆一下斯兰勋爵对这个孩子的看法。在浩瀚无垠的记忆汪洋，刚欲拉起长长的钓线，钓起另一端活蹦乱跳的小鱼之际，她蓦然想起早前曾给自己立下的准则，即在最终的逍遥来临之前不可沉湎于回忆，只在条件允许时才可尽情享受、沉溺。她人生的盛宴绝不能因一点点期待而毁于一旦。眼下列车也帮了她忙——在摇晃和震荡中，列车越过一连串道岔，终于驶进下一座站点。抬眼望去，整座车站砌满洁白的瓷砖，在一圈鲜红的瓷砖中间，站点的名字赫然映入眼帘：汉普斯特德。斯兰夫人摇摇晃晃地站起来，伸手去够扶杆；唯有此时此刻，唯有不得不在这滚滚人潮中争先恐后奔跑之际，她才会尽显老态。她心里不免慌张起来，手脚也变得颤颤巍巍。很明显，她如今年老体衰，很害怕被挟裹在拥挤的人流里被推来搡去。然而，为避免给他人造成不便，她总是听从售票员的指令，只要听到他们大喊"请快点走"，她便会赶紧加快脚下的步伐。过去，在搭乘列车或巴士的时候，因害怕被人潮推搡着前进，她总是让别人先上，自己则礼貌地退至一旁。就这样，她错过了一趟又一趟列车跟巴士，嘉莉时常为此火冒三丈——她一向是先找好自己的位子，随着列车或巴士启动才猛然发现，母亲仍一个人在月台或人行道上孤零零地站着。

抵达汉普斯特德后，斯兰夫人准点下了列车，雨伞跟提包竟然也还紧紧攥在手中，车票也好好地收在手套里面，真令人难以置信。她走下列车，夏昼的风拂过脸庞，暖融融的。昔日伦敦的一切已埋葬在心底。她一人驻足于此，身畔的行人对她视若无睹，依旧来来往往——在汉普斯特德住着不少老妇人，大家早已对此习以为常。她有些忐忑地迈开步子，不确定自己是否还记得那条路；虽是伦敦的一部分，汉普斯特德的风格截然不同；这里如同一座与世隔绝的村落，弥漫着一股静谧的田园气息；纵眼望去，一排排红砖砌成的小屋错落有致，充满温馨；茂密的树林铺向一望无际的远方——这一切，无不令她陶然自得，并让她不禁联想到康斯特布尔（Constable）[1]的画作。她步履徐徐，悠然自在，仿佛一名快活的远游隐居之人，不再思忖亨利对子女的看法，其他的一切亦全部抛诸脑后——此时此刻，她心心念念的唯有找到那座宅子，她的宅子，三十年前也曾是这样红瓦绿树，后面还有一座花圃。想到即将再见到它，一种奇异的感觉袭上她的心头。三十年了。婴孩长为具备完全意识的成人尚且需要二十年。在如此漫长的时间里，这栋宅子究竟经历过什么？是饱经蹂躏沦为一片废墟，还是仍旧宁静安详？无人知晓。

　　事实上，这栋宅子多年来无人问津。自从三十年前与斯兰夫人的"初逢"以来，这栋房子仅被一对寡

1　约翰·康斯特布尔（1776—1837），英国著名风景画家。

言少语的老夫妻租住过一回。正如这世间众生，二老的一生平淡如水——不过天晓得，或许在他们自己看来，这段人生已经足够波澜壮阔，然而实际上不过凡夫俗子，在人类浩瀚的历史长河中未留下丝毫痕迹。那是一对安安静静的老夫妻，于他们而言，一切波折变数皆已过去，眼前的道路只余平静；二人来到此地，只为慢慢衰老，静待生命消逝，轻柔飘离尘间。最终天遂人愿。事实上，两位老人都是在那间朝向南面、依傍着桃树的睡房离开人世的——管理员带着些许鼓动的意味，这样告知斯兰夫人。谈话间，管理员随手拉起百叶窗，随着"啪"的一声脆响，阳光瞬间洒满了屋子。接着，她提起围裙的下摆，将窗沿上的蛛网迅速拭净，然后转过头来盯着斯兰夫人，那副姿态，那种眼神，俨然在说："喏，看到了吧，房子就这样，没什么好看的，就是栋待租的宅子罢了，赶快定夺吧，拜托了，看在老天的分儿上，这样我就能回去享用我的茶啦。"而斯兰夫人只是站在这冷清的屋里一动不动。她心平气和地告诉对方，自己与巴克特罗夫先生有约。

　　"你可以先走，"斯兰夫人道，"继续等在这儿也没必要。"很显然，她的语气中透着一丝总督夫人的威严气派，令人心生敬畏。管理员脸上的敌意马上消失了，瞬间换成一副阿谀逢迎的嘴脸。就算这样，门照样得锁，她说。钥匙在她手上。每天，她都会打开房门，用掸子匆匆清扫一遍，然后重新锁好房门，让宅子回归到宁静。前夜脱落的墙皮，她定会在次日早晨清扫干净，就这样日复一日，从不间断。宅子空得久了，房屋状况自然会变差，透出几分破败。常春藤透过窗子的罅隙潜入屋内。斯兰夫人凝视着这一条条的枝蔓，看着其中一簇浅色的嫩叶在日光下有气无力地簌簌颤动。地板上有几根光秃秃的麦秆，零零落落的，被风吹得四处乱跑。一只个头巨大的蜘蛛"嗖"地闪过眼前，箭一般蹿上墙壁，最终隐匿在一道裂隙里，消失无影。行吧，斯兰夫人说，管理员可以先走，巴克特罗夫先生肯定会愿意帮忙把门锁上。

管理员耸了耸肩。反正屋子里也没有什么可偷的，她还急着回去享用她的茶。她收下半克朗的小费，抬脚走人了。眼下，斯兰夫人终于能同这栋宅子独处了。耳畔传来前门关闭的砰响，是管理员离开了。说起来，"管理员"这名字起得真不怎么合适：他们压根没尽到多少管理的责任。取一块脏兮兮的破抹布，从白铁桶里蘸点又脏又黑的浊水，把地板草草擦洗一遍敷衍了事，便自以为大功告成。然而，他们这么做也无可厚非——这些人领着一星期几先令的微薄薪水，既要管理住宅，还要长期辛苦打扫，把本就丑陋不堪的双手弄得更加惨不忍睹，大概从他们的角度看，往好里说这算份工作，往坏里说其实就是遭罪。所以说，也没办法要求他们干活多么上心。这种苦差事，只消干上寥寥数月，人的热情就会被消磨殆尽，更别说这还是管理员们的"终生大业"。另外，也无须指望房子在他们眼里有何特别，尤其还是一座空荡荡的旧宅。房屋，不仅仅是由砖石一板一眼堆砌而成，也不仅仅是以铅垂线及水平尺反复调节构建，然后再按照一定的距离间隔装上门板跟窗户那样简单。房屋，是某种拥有自我生命的实体，如同一团祥和之气飘然而至，在这四角方正的砖盒内静止停留，直至四面墙裂坍塌才显露于世人面前。房屋隐秘，而这种隐秘并不关乎门锁。或许有人会认为这是封建迷信，荒谬绝伦；他们可能会说，人类本身便只是一堆原子，正如房屋也不过是一堆砖石；然而人类却声称自己不仅有灵魂，还有记录以及理解的能力，而这皆与那些活跃的原子毫无关联，正如房屋与那堆死气沉沉的砖块同样了不相关。上述观点，凭一般逻辑很难解释清楚，不必指望一个管理员会想到这些。

面对一栋空空荡荡，但日后或将与自己朝夕相处的房子，首度与它相对时，大家的心底都会升腾起某种非同寻常的奇异感觉，斯兰夫人也不例外。她立在一楼凭窗而望，心却在楼上楼下四处徜徉，偷偷窥察着各处房间——初次来访，她便对这座宅院一见如故，屋内的布局亦深深刻入她的脑海，这足以说明，她同这栋宅子冥冥之中心有灵犀。她的眼前甚至浮现出地窖的画面——虽然她未曾造访，可那一级级覆满苍绿苔衣的台阶却是那样鲜明，仿佛真实存在于记忆中般；她不由浮想联翩起来，猜想地窖里是否早已真菌丛生——不是橙色夹杂斑点的那种，而是偏白色的，感觉吃了会让人生病，令人看了很不舒服的那类。看样子，这些真菌也算是不速之客——刹那间，她回过神来，看着眼前这间空荡荡的房间，以及这些狂乱飞舞、四处乱钻、厚颜无耻盘踞于此的玩意儿陷入了沉思。

这些玩意儿，包括秸秆、常春藤嫩叶以及蜘蛛，它们已经盘亘于此多日。它们明明一分钱租金未交，却能随心所欲地出没于这里的地板、窗户跟墙壁，摆脱一成不变的生活，在这里尽情享受着轻松自在的日子。而这种生活，恰恰是斯兰夫人求之不得的。她再也无法忍受了，她已经四处奔波、忙忙碌碌了一辈子，早看惯了那些尔虞我诈跟争权夺利。此时此刻，她只想尽快融进空房里这些乘虚而入的小玩意儿当中——虽然她不似蜘蛛那般善于织网。她愿意伴着和风翩翩起舞，在日光下恣意吐露新绿，她愿意随着光阴流逝四处漂流，直至死神平缓地掩上她身后的大门，将她轻柔带走。她想要的，不过是随遇而安、与世沉浮。但在此之前，她首先要弄明白，她能否顺利租下这座宅子。

楼下传来窸窸窣窣的响动——是门打开了吗？——她不由细细聆听起来。是巴克特罗夫先生？他们约的是四点三十分见面，时间早就过了。她对谈生意厌恶至极，宁可与秸秆、常春藤和蜘蛛为伍，像它们那样盘踞在这座宅院里度过一生——但纵使如此，人终究是要见的，斯兰夫人心里默默嘀咕着。而后，她长叹一声，仿佛已经预见，在最终能够身心平静地坐在花圃之前，有太多的事情还等待着她去处理：首先要签大堆的文件，下达一系列指示，然后挑选门帘跟地毯，接着还要调动各路人马（每人都必须"全副武装"，配备好锤头、镀锡铁钉跟针线），在人生这最后一番舟车劳顿之后，还得费劲安顿好自己跟自己的一应财物。难道就不能每个人都有一枚阿拉丁的魔法戒指吗？然而，无论世人如何追求极简生活，最终仍逃不开生活的复杂。

就在这时，斯兰夫人蓦地想到，那个她三十年前记下姓名的巴克特罗夫先生，如今恐怕早已被某个精明强干的后生接替了。当她从楼梯栏杆向外偷瞥时，映入眼帘的竟是一位上了岁数、面相忠厚的绅士，这不禁让她如释重负，大大松了一口气。此时，那位绅士正独自伫立在门厅附近，从她的视角来看矮矮扁扁的，甚是有趣。她不由垂下双眸，端详起来，从那"寸草不生"的头顶，一路向下，到肩膀——身体看不见——再到那一对漆皮鞋尖。他就那样站在原地，顿足不前，要么是不晓得租客已经先他一步抵达，要么是压根就不在意。她感觉后者更有可能。他一脸从容，似乎并不急于弄清楚发生了什么。斯兰夫人想观察得更仔细些，于是踮起脚尖，悄悄地走下几级台阶。来者身着一袭长长的亚麻布大襟衫，就像刷漆工穿的那样；胖乎乎的脸蛋泛着红光；他把一根指头贴在唇上，古灵精怪的，好像在动着什么鬼脑筋。他究竟有何打算？她上下打量着面前这个怪怪的小人儿，心里甚是好奇。眼下，他仍然用手指按着嘴唇，仿佛在示意别出声。他轻手轻脚地穿过大厅，走到墙上的一块污渍旁边，看样子这是先前挂气压计的地方。然后，他抬起手，轻快地叩起墙壁来，那模样活像一只埋头钻树的啄木鸟。他一面叩着墙壁，一面摇头摆脑，口中念念有词："降下去喽！降下去喽！"紧接着，他提起外衣的下摆，踮起脚尖，像跳芭蕾舞似的旋转了两圈，回到了大厅中央，随后以单脚向前绷直的姿势优雅结束，整套动作一气呵成，干净又利落。

"是巴克特罗夫先生吗？"斯兰夫人边下楼边问。

巴克特罗夫先生轻快地跳了一下，换了另一只脚绷直压地。他止住动作，着迷地观赏起自己的脚背。少顷，他抬起头来。"斯兰夫人？"说话间，他彬彬有礼地鞠了一躬。

"我来看看房子。"斯兰夫人答道。此刻，她身心放松。刹那之间，她似乎感觉自己与眼前这个奇怪的家伙意气相投。

闻言，巴克特罗夫先生松开衣摆，恢复了寻常的双脚站立。"啊，没错，房子，"他开口道，"我都给忘到脑后啦。尽管气压在下降，也还是得保持生意头脑。所以说，斯兰夫人，您想看看房子是吗？这栋房子棒极了——棒到我谁也不想租。这栋房子属于我，想必您清楚这点。房主、中介——我一身两任。倘使我只是代表房主行事的中介，只要逮着机会，我就该二话不说，当即把房子租出去。而这，正是为何这么好的一栋房子会闲置这么久的原因所在。老实说，有意向的客户不在少数，奈何他们一个都不讨我欢喜。不过，我可以让您看看这所房子。"他有意将"您"字说重了些。

"我都看了，"斯兰夫人说，"管理员领我看的，全看完了。"

"可想而知。那女的，太讨厌了。半点人情味都没有，简直利欲熏心。您付她小费了吗？"

"是的，"斯兰夫人说，脸上露出笑意，"付了她半克朗。"

"呀，那可真遗憾。但眼下已经来不及喽。好啦，宅子您已经看过。看完一圈了吗？睡房三间，浴堂一间，盥洗室楼上、楼下各一间，客房三间，休息大厅一间，其他小间若干。自来水、电灯一应俱全。花圃一座，面积半英亩；几株果树，里面还有棵蚕桑树，都上了年头。还有一座漂亮的地窖；蘑菇您喜欢吗？在地窖里种种蘑菇也不错。据我观察，大部分女士对酒都不感兴趣，目前还没有哪位女士费心储存过一桶波尔图葡萄酒，那这地窖还不如用来种些蘑菇呢。所以说，斯兰夫人，一圈看下来后，您感觉怎么样？"

斯兰夫人正踌躇不决。此时，她脑中灵光一现，打算将等候巴克特罗夫先生时萌生的念头原原本本地告诉他；她有把握，这位老绅士会一本正经地听她讲完，而且丝毫不会感到意外。然而最终，斯兰夫人还是克制住自己，仅仅像一位普通的潜在租户那样含蓄而不失审慎地说："我想着，这房子大概蛮适合我的。"

"呀，那问题来了，"巴克特罗夫先生重新伸出手指，按住嘴唇，说，"您适合它吗？我觉得您大概蛮适合的。不管怎么说，在这个世界走向终结之后，您也就不会再想要它喽。"

"在此之前，我估计我的世界会先走向终结。"斯兰夫人说着，唇角浮上一抹淡淡的微笑。

"不会，除非您实在老得不能再老了。"巴克特罗夫先生敛色道，"世界将在两年后走向终结——不信的话，我用一些简单易懂的数学计算就可以证明。您大概不是什么数学家吧，毕竟女性数学家寥若晨星。不过，若是您对这门学科有兴趣，等您哪日彻底安顿下来，我再找您一起喝茶，好好给您论证论证。"

"照您这么说，从今往后，我就要在这儿安家落户了，是不是？"斯兰夫人问。

"我想没错——是的——我想没错，"巴克特罗夫先生斜着脑袋，斜眼端详着她，"大抵是这样喽。不然您怎么整整三十年都忘不掉这座宅院呢？——这是您信里的原话——况且有意向的客户不在少数，我为何要一一拒绝他们呢？现在看来，这两件事似乎是相辅相成的，起先都在各自的发展曲线上兜兜转转，最终还是殊途同归，汇聚到了同一个点上，不是吗？我十分相信命运的几何设计。若哪天有机会找您喝茶，我会向您好好证明这一点的。当然喽，倘使我只是中介，我是断断不会提议一起喝茶的，那太不合适了。不过，既然我同样是房主，待一切尘埃落定，我想咱们就可以撤去主客身份，平起平坐地相处喽。"

"老实说，我希望您不要多虑，想来就随时来吧，巴克特罗夫先生。"斯兰夫人说。

"您心肠真好，斯兰夫人。我孑然一身，没什么朋友，并且我发现一个人随着年纪增长，会越发离不开同龄人的社交圈，而对小年轻们敬而远之。跟他们相处总是很累，感觉很不安稳。我现在结交的朋友，起码得是古稀之人，否则我可受不了。那些小年轻啊，他们总是逼着你憧憬未来、奋斗终生，死而后已才作罢。老年人则不同。老年人很宽容，会允许一个已经辛劳了一生的人朝花夕拾，回瞻过去，跟他们相处很舒服。寻求宁静和满足算是人生的头等大事，斯兰夫人，然而最终能称心如意，或者心底真正渴望如此的人又有多少呢？老年人追求宁静与满足，实际上也是无可奈何。他们或是苦于体弱多病，或是早已心力交瘁。尽管如此，他们中仍有半数整日就知道长吁短叹，感慨自己也曾激情澎湃，渴望重回那精力充沛的时光。这样真是大错特错。"

"不管怎么说，我没有犯过这种错误。"斯兰夫人说。她向巴克特罗夫先生吐露了心声，顿时感觉轻松不少。

"没有吗？那咱俩当真英雄所见略同，至少在这项重要问题上是如此。二十岁——真是相当糟糕的年纪啊，斯兰夫人。苦困至极，简直无异于参加全国越野障碍赛马。身为骑手，你深知你必定会坠入明争暗斗的激流间，会扑倒在阴谋诡计的铁网中，会在颓废绝望的篱笆上摔断腿骨，会在爱情的阻碍前痛彻心扉——这些都是命中注定、无法逃避的事。直至夜色深浓，年华老去，大赛落下帷幕，你方能往地上四仰八又一躺，心里感叹一句：哎呀，从今往后终于不用再赛马啦！"

"可您忘记了一件事，巴克特罗夫先生，"斯兰夫人说，往昔的旧梦正一点一滴浮现在她眼前，"芳华岁月，大家都爱冒险，都爱寻求刺激，而且热衷于此，无所畏惧。"

"没错，"巴克特罗夫先生答道，"说得不假。我年轻时当轻骑兵的时候，最爱做的事就是拿长矛猎野猪了。斯兰夫人，我向您保证，我人生中最畅快的时刻，就是看到一头长着漂亮獠牙的野猪朝自己冲来。现在我家里还有好几副獠牙呢，都裱得美美的，我很乐意给您瞧瞧。不过那个时候，我胸无大志——我是说在军事方面。我从未动过半点调兵遣将、统领军队的念头。于是可想而知，我果断辞去了官职，也就是在那时，我恍然大悟，意识到'思'带来的快乐远比'行'要大。"

巴克特罗夫先生那奇怪又生硬的遣词造句，不由让斯兰夫人幻想起过去他当轻骑兵的样子。她心里觉得有趣，同时又强忍笑意，不希望这份情绪表露出来。她对他那套"在军事方面向来胸无大志"的说辞坚信不疑。她发觉这位老绅士还蛮讨她喜欢的。唯有老天爷晓得，这种漫无边际的谈天说地，对她来说是何等新奇、何等享受，简直令她如沐春风、如饮甘霖。然而即便如此，她觉得，还是有必要让他回归到眼下的正题上来。"我看，眼下咱们还是言归正传，说回房子的事吧，巴克特罗夫先生。"她说，那副架势，俨然珠宝分配完毕后重拾话题的嘉莉那般。此刻，她的一言一行，仿佛又带上了昔日总督夫人的影子。见此情景，巴克特罗夫先生也不由得收回心思，不再回忆那些在矮树丛里拿长矛猎野猪的时光，话题终于重新回到在汉普斯特德的租房事宜。"这座宅院深得我心，"斯兰夫人说，"而且很显然，"说到这里，她的脸上露出一抹浅浅的笑意，已经没有了方才总督夫人的做派，"您也看好我做您的租客。接下来有哪些手续要办？租金怎么付？"

他看了她一眼，满脸诧异。方才的这段时间里，他正沉浸于拿长矛猎野猪的回忆中不可自拔，这点显而易见；他仿佛回到了当轻骑兵的那段岁月，完全不记得自己现在是中介，也是房主。待到思绪回归现实，他又伸出手指，不过这回是放到了自己的鼻子上。他仔细打量着斯兰夫人，顺便给自己争取些思考时间。虽然残留的谈生意的经验技巧在他的脑海中不断涌出，来回扯动着其中的某根神经，但老实说，他不太喜欢谈这个话题。在他的世界里，租金多少无关紧要，而斯兰夫人亦是如此观点。从某种意义上来说，二人可谓格格不入，但从另一个角度来看，他们又是那样心意相通。所以，很难想象这两个人会在一起为租金讨价还价。"房租啊……房租……"巴克特罗夫先生喃喃自语着，仿佛正绞尽脑汁，拼命想"房租"这个词在某门外语中应该怎么说。

蓦地，他的脸上流露出喜色。"当然喽，租金嘛，"他说，语气活泼，"您打算年租吗？"追忆完五十年前拿长矛猎野猪的轻骑兵岁月，这位老绅士终于回归正题，重操他的行业术语。"如果您要租一年以上，"他继续说，"那恐怕就得不偿失了吧。您可能随时都会搬离；而您的继承人八成也不想接手这栋住宅吧。综上所述，我想咱们或许能够达成协议，到时皆大欢喜。我偏爱短租的客户，那样房子就能很快回到我手上来。斯兰夫人，老实说，我蛮喜欢您的，虽然这份喜欢有些突如其来——而撇开这份私爱不谈，我同样希望这栋住宅能够尽快回到我的手上。单看这点，您毫无争议是最完美的租客。诚然，这里面还有其他方面的原因——正如人生也总是充满各种不确定——但在商言商，我不得不将它们暂且抛诸脑后。至于其他方面的原因，单纯是我感情用事罢了——哎呀，作为这栋宅子的所有人——是房主，不是中介——我真的很中意您，这座宅院有了您这样通情达理的女士，我便可以尽情憧憬午后享用茶点的美好时光；到那时候，我可以与您促膝长谈，发表些许个人的拙见。当然，这些考虑都得暂且抛诸脑后，咱们是来商酌租金问题的嘛。"说罢，他伸出一只脚来，绷直了脚尖，若有所思后又收了回去。紧接着，他得意扬扬地瞥了一眼斯兰夫人，眼神里洋溢着胜利的喜悦。

他可真是生就了一副伶牙俐齿啊，斯兰夫人默默想道：如果要租一年以上，那恐怕就不太合算了，因为我随时都有可能被人装进棺椁抬出去，然后彻底"搬离"这栋住宅。可万一他比我先走呢？我岁至迟暮不假，但他亦垂垂老矣，这点确凿无疑。两位行将就木的高龄老人，彼此间说话还这样字斟句酌，是不是有些荒谬呢？然而，纵使死亡犹如达摩克利斯之剑般高悬在世人头顶，折磨着世人的心灵，大家也依然不愿对此开门见山，总是遮遮掩掩、闪烁其词；正因如此，斯兰夫人没有直接戳穿巴克特罗夫先生话里可能存在的谬误，只是淡淡地说了一句："年租的话，对我来说比较合适。可话说回来，您还未回答我房租的问题啊。"

巴克特罗夫先生被逼问得无路可退，窘迫之情溢于言表。表面上，他身兼两职，既是房主，又是中介，可是在心灵深处，他最讨厌眼睁睁看着自己的美梦沦为一堆冷冰冰的便士跟英镑。况且，他实在太希望斯兰夫人当他的租户了，索性打起太极来："这个嘛，斯兰夫人，还是由我来问问您吧。您乐意出多少？"

又来！讲话还是这般谨慎委婉！斯兰夫人心里默默嘀咕道。他并未问："您付得起多少？"讲话如此兜兜转转、闪闪烁烁，活像一对互献殷勤的鹁鸽，简直可笑至极。倘使亨利还在，绝对会举起客观与理智的冷冰冰的利斧，瞬间斩破僵局，彻底解决问题。话虽如此，其实这个性情古怪的小个子还蛮讨她欢喜的。同时，她也为当初果断回绝嘉莉的同行请求而由衷地感到欣幸。嘉莉同她父亲如出一辙，都会粗暴干涉，并无情摧毁这段正在成形的关系。而这种关系，正如玻璃瓶中的帆船，小巧玲珑，轻盈精致，一朝脱离瓶管，接触到外界空气，船上所有的线绳便会瞬间绷紧，变得脆弱不堪，哪怕是水波里的一丝轻微细响，都会转眼间令其支离破碎。斯兰夫人多次推脱不成，只得给出一个数字，但金额太大；巴克特罗夫先生二话不说，当即削去一半，结果又太小。

不过后来二人还是达成了共识。这种谈生意的方式或许并不多见，但总归适合他们。两人对彼此颇为满意，最后带着好心情相互道了别，可谓皆大欢喜。

嘉莉觉得很诡异：母亲竟然对宅子的事只字不提。是，她看过宅子，见过中介，也最终决定租下此房了，这都没问题——可是要年租！嘉莉不由大呼小叫起来。若是中介找到更合适的客户，然后把她扫地出门，那该如何是好？斯兰夫人淡淡一笑，意味深长。她说，那位中介是断断不会撬自己的。"话虽如此，"嘉莉答道，"可中介清一色都是些聚敛无厌之人——这点自不必多说，不贪也当不了中介——您有什么法子保证一年租期结束后，自己不必再另觅住处呢？"斯兰夫人只是表示，这种情况她连想都没想，巴克特罗夫先生绝非那种人。"哎呀，话是这么说没错，"嘉莉气哼哼地说，"可巴克特罗夫先生也得吃饭，也得赚钱养活自己，是不是？谈生意可不是献爱心，不是乐善好施。"紧接着，她又问起母亲是否已安排人将房屋修缮并重新装潢——反正租期的事她已不抱希望，还不如转移话题，谈点别的。她询问了关于要不要贴墙纸、抹腻子以及屋顶是否漏水的事，母亲想过这些吗？多年以来，母亲的一切决定皆由她嘉莉来定，而此时此刻，她却真真切切地感受到了憋屈与不安，加之无处发泄愤怒，这股情绪就犹如一团野火，在她心里疯狂灼烧起来——毕竟面对着一位八十八岁高龄的老妪，而且还是一位突然表示到了这个年纪，自己能管好自己的事的老妇，她实在没有理由再盛气凌人，发号施令了。嘉莉确信母亲百无一用，什么事都做不成；失去"权柄"令她惊慌失措，与此同时，眼睁睁看着母亲如同不可雕的朽木般，头也不回、一步一步地迈向那一地鸡毛的糟糕生活，她也发自内心地感到担忧。而此时，斯兰夫人仍一脸平静，她气定神闲地答道，巴克特罗夫先生已经答应替她安排木工、油漆匠、水电工和室内装潢商了。嘉莉对她的担心是出于好意，但大可不必。她跟巴克特罗夫先生会自己料理好一切。

嘉莉深深感觉，眼下提"成本估价"这个字眼也没有任何意义了。母亲似乎已离她而去，而且走得义无反顾，未有丝毫迟疑。母亲似乎进入了一片由感性而非理性主导的领域，一个将旁人的体恤和善意视作天经地义的世界。嘉莉非常明白，那是一个与这颗星球毫无瓜葛的世界。母亲对珠宝的态度极其冷漠愚钝，也同这是一回事。在这世上，但凡有点理性，谁会把价值五千乃至七千英镑的珠宝就这样随随便便拱手让人呢？但凡有正常的思维，谁会意识不到嘉莉跟拉维妮娅也该有一份儿呢？更不用提伊迪丝了。倒霉蛋伊迪丝连枚领针都没捞到。再怎么说，伊迪丝也是父亲的宝贝女儿啊。可母亲却像处理没用的废木似的，把全部珠宝一股脑儿全都送了出去。眼下，她又乐颠颠地将自己连同兜里的铜板，一个子儿不少地拱手交到了这个名叫巴克特罗夫的诡诈老家伙手里。

　　不过，关于此事，在同各位亲族进行了长时间的认真讨论以后，嘉莉的心灵获得了极大抚慰。较之往日，大伙的心连接得更紧密了。围坐在茶桌旁，一起快快乐乐地啜着谈心是大伙的最爱——他们最喜欢聚在一起喝茶，也许因为茶水最为物美价廉——谁颠来倒去，旧事重提，哪怕措辞如出一辙，也没人会放在心上。他们认真聆听彼此的话，不厌其烦地点头称是，有如获得了新知，茅塞顿开一般。在这种不断的相互交流以及对彼此的认可与鼓励中，嘉莉与各位亲族都获得了极大慰藉。所谓三人成虎，便是如此。他们就这样不断地钉下桩子，逐渐筑起一道围栏，将自己与人生的千难万险隔离开来。从父亲离世至下葬的短短数天里，那句大伙最常挂在嘴边的"妈妈当真伟大"，很快变成了另一句话："亲爱的妈妈——什么正经事都做不好，简直是烂泥扶不上墙。"他们就这样喋喋不休，无论在威廉和拉维妮娅居住的女王之门，还是嘉莉跟罗兰栖居的下斯隆街，也无论在查尔斯单元房所在的克伦威尔路，还是赫伯特与玛贝尔生活的卡多根广场，他们都不屈不挠，以惊人的毅力反复叨念着。每多絮叨一句，大伙心中的无力感便衰减一分——他们明白，他们根本不是自家那看上去温温柔柔、碌碌无能的母亲的对手。过去，母亲总是唯唯诺诺、百依百顺，现如今，大伙却反过来被她彻彻底底将了一军——她，她在汉普斯特德的住宅，还有她的巴克特罗夫先生。大伙谁也没亲眼见过巴克特罗夫先生的真容；谁也没获准去见他，就连嘉莉也不例外；她让母亲搭便车的提议也同样遭到回绝。然而，总见不上那位中介，只会加重大家的疑心。很快，他摇身一变，成了众人口中"拿捏母亲的家伙"。倘若斯兰夫人最初没把那些珍珠、玉制品、红宝石跟祖母绿宝石随手一股脑塞给赫伯特和玛贝尔，大伙现在准得怀疑她受了巴克特罗夫先生的蛊惑，将这些好东西全都交到了他的手上。这位巴克特罗夫先生，一方面对租期问题含糊其词，一方面又愿意帮忙安排木工、油漆匠、水电工跟室内装潢商——还能是什么？只能是个江湖骗子。在嘉莉及其亲族看来，他的卑鄙动机，往好里说最起码也是想从中赚些回扣。

这个时候，巴克特罗夫先生终于与戈舍兰先生敲定，委托他操办此事。

"您得知道，"他对面前这位可敬的手艺人说，"斯兰夫人虽地位很高，手头的资产却相当微薄。戈舍兰先生，不要总是理所当然地以为，上流社会里人人都肥马轻裘，富甲一方——千万不要以为，一位曾担任过印度总督和英国首相的绅士，他死后就能给自己的孤孀留下何等丰厚的资财。我们公共服务仰仗的完全是另外一套原则。也就是说，戈舍兰先生，在您本身的合理利润范围内，您有责任尽量压低估价。我是一名中介，同时也是地产所有人，在这方面还是有一定经验的。告诉您吧，从今往后，我将代表斯兰夫人对您的估价进行核查，她的事就是我的事，她的事我必亲力亲为。"

戈舍兰先生则向巴克特罗夫先生保证，他绝不会动半点从那位夫人身上揩油水的念头。

热努对戈舍兰先生可谓一见倾心。"这位先生，"

她说，"绝对是行家里手。好比，"她补充道，"他清楚帘子的承重，也知道要涂一层染料，以免刺手。价格公道，质量也不差——当真是一手好活，让我欢喜。"热努跟斯兰夫人在摆脱了嘉莉的束缚以后，同巴克特罗夫先生和戈舍兰先生度过了一段充满欢声笑语的快乐时光。戈舍兰先生的一切都深得斯兰夫人青睐，甚至包括他的外表。他看上去相当体面，头上总是戴着一顶老旧泛青的硬圆形黑色呢帽，终年如一日，即便在室内也从不摘下，不过向斯兰夫人表示敬意时，他会将帽子后檐微微向前一提，然后再重新戴好。原先的一头褐发现已变得灰白，而且稀稀落落的。每次提起帽檐，都会把他的头发弄得乱糟糟的，后面还冒出一小绺来，斯兰夫人每回都看得入迷，对此，戈舍兰先生本人浑然无觉。他总爱在耳后别上一根铅笔。那是一支粗杆的软性铅笔，除了在木板上做记号以外，可以说派不上任何用场。事实上，在斯兰夫人的印象中，这支笔在他手里确实从未发挥任何用处，仅仅是被他拿来搔过头而已。有那么一类手艺人，只要不是自己经手的活儿，他们便会吹毛求疵，不分青红皂白地一顿指摘。很快，斯兰夫人就发现他也是其中一员。"粗制滥造的东西！"戈舍兰先生会一面检视厨房炉灶的风门，一面这样发着牢骚。每时每刻，他都在千方百计地旁敲侧击，希望让对方以为，这些活计如果交给他做一定会好上许多。但与此同时，他也常常拐弯抹角地表示，那种极其粗制滥造的东西，对于他这样经验丰富、见多识广的老手来说，稍作修整、改善都不成问题，但若想完全令人满意，基本不可能做到。戈舍兰先生平日里寡言少语，在巴克特罗夫先生面前尤其沉默，偶尔才会打开话匣子，滔滔不绝地说上一番，有一回，他就对那种铺着石棉屋顶的组合式别墅进行了各种猛烈的抨击。每到这时，斯兰夫人都会津津有味地听上良久。毕竟这样的机会实在不多，且听且珍惜吧。"我就纳闷了，夫人，"他说，"没有了美，大家还怎么活得下去！"戈舍兰先生拥有一双善于发现美的眼睛，即便一块安装得当的杉木板也会令他赞不绝口。当然，可想而知，他其实更喜欢橡木板。"难以想象，"他接着说，"怎么竟会有人在这上面刷油漆呢？纹路都被盖住了！"戈舍兰先生如今也上了岁数，起码也是古稀之年，可他的思维简直像从一个世纪以前甚至更古老的时代来的。"这些运货车啊，"他说，"墙壁都要被它们给晃塌啦！"一贯前卫的亨利·斯兰在货运汽车上看到了美，正如做工精良的木板满足了戈舍兰先生的审美追求一样；至于斯兰夫人，多年以来，她始终致力于感受卡车身上的美，眼下终于能够放下这一切，回归到与自己更契合的价值观中。她可以同巴克特罗夫先生、戈舍兰先生谈天说地，悠然自得地消磨上数个小时，加上伴在一旁的热努，仿佛一支同心协力的歌咏队，正沉浸在美妙的合唱中不可自拔。热努端端正正地站着，衣服里的棕纸不断发出吱吱嘎嘎的声响。终其一生，别人口中的大道理她几乎都不以为然，却唯独对巴克特罗夫先生和戈舍兰先生心服口服，几乎到了倾慕的地步。这两位先生同夫人的子嗣简直是天壤之别，叫人何等不解，又何等欣喜不已！说起来，热努对霍兰德家的孩子们其实是又敬又怕的。两位老绅士似乎都真心希望斯兰夫人分文不花就能称心如意；所以，每当她犹豫不决地提出某些建议，例如在浴堂里加装玻璃隔板之类的事情时，他们就会像同盟那样对视一眼——或者说互换一下眼色——然后满口答应下来，表示可以做到。回回如此。热努喜欢看到她的夫人被这样温柔以待——宛如她是一块瑰宝，完美无瑕，又脆弱不堪，迫切需要旁人守护，帮她博得自己未曾争取过的权利。能够被这样小心呵护，对夫人来说还是头一回呢。老爷固然爱她爱得深沉，总是替她遮风挡雨，使她远离一切烦恼与痛苦（这般的仁善有爱，也是他一贯的为人处世之道），只是老爷的性情过于霸道强势，周围的人自然而然都忍辱负重，活在他的阴影之下。热努觉得，霍兰德家的子女们是爱着夫人的，毕竟在她看来，这世上没有不爱母亲的子女，即便他们已年逾花甲，否则也太匪夷所思。可有的时候，他们对待自己母亲的方式实在令她无法苟同。比方说嘉莉女士吧，这个女人实在太过专横，造访埃尔姆公园花园一向随自己高兴，想何时来就何时来，这副架势，足以把一个胆小的老妇人吓得瑟瑟发抖了。她常常将心底的不耐烦表露无遗。在热努眼里，除了伊迪丝女士跟凯伊先生，其他人全部属于精力过剩的类型；他们总是把自己可怜的母亲搞得焦头烂额、疲于奔命，不仅平日里讲起话来大呼小叫，还想当然地认为母亲跟他们一样精力充沛、身强力壮。曾经有一次，斯兰夫人同威廉先生外出，提议搭计程车，可威廉先生不同意，说他们完全可以乘巴士去；那个时候，热努正为两人打开车门，差点儿就要自掏腰包替威廉先生付下那十八便士了。事到如今，她还真希望当时自己就那么递出那十八便士，好好享受一下讽刺的快感。把一位八十八岁高龄的老妪当作年仅六十五岁的人那样对待，天底下哪有这样的道理！热努自己也只比斯兰夫人小两岁而已，在埃尔姆公园花园时，每逢在门厅为斯兰夫人穿上雨鞋，递上雨伞，在哗啦啦的雨里送她出门之际，热努的心里都会燃起一股怒火，而且还越烧越旺。这真不像样，特别是考虑到往日旁人对斯兰夫人一贯的礼遇，便更觉得不像样了：过去，夫人都是骑象出行，身后还有象夫为她撑伞遮阳呢。相较埃尔姆公园花园，热努还是更偏爱加尔各答一点。

不过，拜巴克特罗夫先生和戈舍兰先生所赐，汉普斯特德的气氛终于像样了起来。这是一个返璞归真的世界，没有副官，也没有王子；尽管纯朴平淡，却是个热情友善的地方，处处洋溢着缱绻的爱意；大家彼此尊重，大方无私，一切都恰到好处。在热努眼里，巴克特罗夫先生的一言一行皆高贵至极，虽然他性情古怪，但的确是位绅士——当之无愧的绅士。他常常有一些奇思妙想；他永远不疾不徐，从容不迫；他会倏然停下手头的事务，转而谈论起笛卡尔

（Descartes）[1]或是合乎心意的"模式"（pattern）品质来。他所说的"模式"指的并非墙纸图案，而是生活方式。戈舍兰先生同样不慌不忙，总是一副从容淡定的模样。偶尔，他会将帽子后檐向前一提，用铅笔搔搔脑袋，以代替言语评论。他平日里沉默寡言，即便开口也声若蚊蝇。他常为现代社会手工艺的衰败感到痛心；他从不雇佣工会会员，而是召集了一帮工匠，打造了一支由他亲手训练而成的团队。也正因如此，团队成员多数年纪较大，有的时候，热努甚至怕他们会从折梯上摔下来。这帮工匠也是"取悦斯兰夫人阴谋集团"中的一分子。他们每回都会摘下帽子，春风满面地迎接她的到来，同时眼疾手快地把油漆罐都挪至一旁，好腾出地方给她走路。纵使屋内氛围轻松闲适，工作进展却犹如一日千里，不仅如此，每次斯兰夫人来汉普斯特德，都会有意料之外的小礼物等着她，给她带来无限惊喜。

巴克特罗夫先生甚至还会为她精心筹备小小的惊喜。他心思缜密，体贴入微，送的东西大多低调价

---

1 勒内·笛卡尔（1596—1650），法国哲学家，西方现代哲学思想的奠基人之一。

廉，这样才能确保她在欣然收下的同时不会感到尴
尬：有时是装点花圃用的一株植物，有时是一瓶新鲜
的花朵，放在窗台上，为空落落的房间添上一抹瑰异
的光彩。据他解释，之所以把花摆在窗台上，是因为
房间里尚未安置桌子或者其他家具。而斯兰夫人怀疑
其实是他更偏爱窗台：在心心念念的租户到达之际，
放在此处的鲜花，能充分沐浴阳光，展现出它最美的
一面。她偶尔会故意晚来三十分钟捉弄他，他却依旧
风雨无阻；唯有一回，三英寸外的一圈水痕终于暴露
了他的秘密：一见她迟到，他便会即刻返回楼上，把
鲜花移到阳光下才作罢。眼见怀疑得到证实，斯兰夫
人不由心中欢喜，即便是生活中最细微、最点滴的快
乐，也会令一位垂暮之人的心灵得到满足。纵然肉体
衰弱无力，人已是风烛残年，她仍然会同巴克特罗夫
先生、戈舍兰先生玩玩小游戏，以娱晚年——伴随着时
高时低的乐声，跳上一曲米奴哀舞[1]，这看似浮夸，却
流露着"真实"——是她与子女相处多年，未曾找到
的"真实"。造作只在于外在风格，内里则孕育着真

1　源于17世纪的法国舞蹈，由一群舞者结伴而跳，节奏悠缓，风格庄
　　严。意为"舞步很小的舞蹈"。

实。敬意一旦发自肺腑，礼仪便不再是空洞的惺惺作态，而是化作某种极致得体、朦胧的优雅，传递着那些更为深刻入骨的情愫。

他们三个皆是迟暮之人，知觉早已迟钝不堪，再也无法如往昔那般争强好胜。既然这样，他们便重新踩起米奴哀舞古老的节拍，男方优雅鞠躬，表达对女伴的欣赏，同时体现自己的绅士风度；女方则羽扇轻启，风儿那样轻柔，甚至吹不乱一丝秀发。而今风烛残年，他们早已看透世间一切，只凭一个细微的动作，便可说尽心底那些埋藏最深的话语。他们也曾满腔热忱、激情澎湃，也曾肝肠寸断，被错综又矛盾的欲念撕扯着心灵——那些岁月，如今已离去；眼下别无他物，只余一片索然无味的单调景致，唯有举手投足间蕴含盎然深意，暗藏万语千言。

在此期间，巴克特罗夫先生仍会常常带些小礼物给她。其中，芬芳馥郁的鲜花是斯兰夫人的最爱。她慢慢发现，巴克特罗夫先生其实多才多艺，比如他擅长插花。他有着天马行空的想象力，色彩跟形状的组合大胆而充满新意，打造出来的作品与其说是一束鲜活的花卉，不如说是一幅美轮美奂的静物画，焕发着一股任何颜料都难以涂绘和相媲美的生命力。日光倾泻在窗台上，花瓣上浮动着粼粼的微光，一眼望去，纹路清晰，质感细腻，由内而外无不散发着夺目的光彩，在四周光秃秃的木板跟灰泥墙面的映衬下更显明艳。巴克特罗夫先生脑海中的创意仿佛无穷无尽。这个星期，他会带来一束浓丽如吉卜赛女郎般的鲜花，全部由明亮的黛蓝、藕荷色和橘黄组成；下个星期，他又会一改先前的风格，选用清丽柔雅的色调——大片大片的粉红色、鱼尾灰，缀着星星点点的淡黄，外加数根奶油色的小花枝，轻盈柔软宛若翎羽一般。斯兰夫人也曾有成为画家的潜质，自然能够欣赏他的杰作。巴克特罗夫先生简直是个艺术家——斯兰夫人不禁感叹道；就连热努——要知道，她向来不喜在家中置放花卉，因为凋落的花瓣会把桌子搞得凌乱不堪，就算最后不得不扔掉，也会把废纸篓里弄得湿漉漉、乱糟糟的——终于有一天，就连热努也忍不住啧啧称赞起来："先生不去开花店真是可惜了。"

眼见自己的努力日见成效，巴克特罗夫先生便着手为斯兰夫人打造更加贴心的礼物。除了先前雷打不动的一瓶鲜花以外，他还会为她额外带来一串漂亮的小花，用来别在肩上。第一次不太顺利：斯兰夫人为了不让这位老绅士感到失落，不惜翻箱倒柜，把她那堆蕾丝系带跟皱褶饰边彻底搜了个遍，结果仍是一根别针都没找到。自那以后，他每回都会在包裹花茎的银纸上，牢牢地别上一根黑漆漆的超大型安全别针，斯兰夫人出于谨慎，虽然每回都会事先随身带上一根，却始终善解人意，非常听话地使用着巴克特罗夫先生拿来的别针。两人的关系，便在这细微之处、点点滴滴中，充满了此般的投桃报李与心有灵犀。

某日，斯兰夫人问他，究竟为何对她的事如此用心良苦、亲力亲为，不但替她请来戈舍兰先生，还费心监督他的估价，甚至过问整修工程的每一个环节，乃至每一处细节。按理说，这些本不是一个中介，更不用说中介兼房主的分内之事。闻言，巴克特罗夫先生顿时认真起来。"最近我一直在琢磨，斯兰夫人，"他开口道，"琢磨您会不会问我这件事。既然您问了，那我也由衷地感到开心，毕竟我一向喜欢开门见山。您说得不错，这确实不是中介，甚至中介兼房主该干的活儿。可以这么说：我做这些事，完全是因为我无事可做，只要您没意见，我还要感谢您让我有事可做呢。"

"我没意见，"斯兰夫人说，语气羞怯又坚定，"可这不算原因吧。您为何要帮我这么多，对我的事这么上心呢？瞧瞧吧，巴克特罗夫先生，您不但为我监督戈舍兰先生——虽然实际上，他已经是我见过最自觉、最不需要旁人看管的手艺人了——而且打从一开始，您就想方设法地为我省钱，减轻我的负担。处理实际事务或许不是我的强项，"说到这里，她莞尔一笑，"但我毕竟也算见多识广，知道大多数生意都不是您这种做法。再说了，小女嘉莉……算啦，先别管我那宝贝女儿了。事实就是，我现在糊里糊涂的，简直如堕云雾，但又挺好奇的。"

"斯兰夫人，我不想让您觉得我缺心眼。"巴克特罗夫先生正色道。有那么一瞬间，他迟疑起来，似乎是拿不定主意，不晓得是否该将一切向她和盘托出。很快，他又继续侃侃而谈。"我没有缺心眼，"他说着，"也不是幼稚任性的老小孩。'幼稚'什么的都是狗屎，我不喜欢。那些天天宣称'我们看不透这个世界'的家伙，我也烦得很。斯兰夫人，这个世界恐怖得让人不忍直视，而酝酿这种恐怖的温床，正是彼此间的明争暗斗——这实在令人百思不解，这一系列的博弈较量，究竟是历来的传统，还是迫不得已？它到底是离奇的虚妄，还是不可打破的人生规律，抑或是最终文明带我们摆脱的某种动物界法则？斯兰夫人，眼下就我看来，人类的全部演算方法、演算结果，无一不建立在某种从源头上就谬误百出的数学体系之上。人类的所有计算结果符合的完全是人类自身的目的，因为他们不停地向这颗星球灌输自己提出的一切假设，并强迫它来接纳。倘若从其他法则来看，虽然这些结果仍准确无误，但其假设与前提太过癫狂古怪；精巧有余，却理智不足。也许哪日，真正的文明降临，它会改变世间一切，给我们所有的演算结果批上一行鲜红醒目的大字：'不及格'。而我们面前，依然山高路远，前途漫漫。"说罢，他摇摇头，绷直了脚尖，若有所思起来。

"所以您认为，"斯兰夫人感觉有必要让他从浮想联翩中回过神来，于是开口问道，"每个对抗这种离奇虚妄的人，都是在为文明的进步做贡献吗？"

"您说得对极了，斯兰夫人，这正是我所想的。然而在目前的世界，无法奢望人人如此，最终能做到这点的大抵只有诗人和老年人了。这么跟您说吧，当年辞去军职，刚开始从商的时候，我简直是心狠手辣，如同野兽。是了，心狠手辣，这就是唯一合适的字眼。那个时候，没人能比我更厉害。我手段越狠，众人便越是敬我。赢得尊重的最快途径，就是让你的对手意识到你与他旗鼓相当、难分伯仲。长远来看，其他方法或许也能为你带来尊重，然而要想抄近道，唯有通过自我标榜、自吹自擂，并迫使旁人接受才是上佳之策。那些所谓的严于律己、宽以待人、谦虚谨慎、与人为善，全都没有意义，毫无用处。斯兰夫人，倘使您遇见我过去的同僚，他们准会告诉您，当年我叱咤商场，是不折不扣的行业翘楚。"

"巴克特罗夫先生，既然您先前做派如此残酷冷硬，那又是何时改弦更张的呢？"斯兰夫人张口问道。

"您不会怀疑我在吹牛吧，斯兰夫人？"巴克特罗夫先生仔细地打量着她，问道，"我告诉您这一切，是为让您弄清楚一点——'幼稚'不是我的弱点。我说过的，不要觉得我缺心眼——我是何时改弦更张的呢？这个嘛，我给它们设定了一道期限；当时我下定决心，在六十五岁来临之际金盆洗手。于是，在六十五岁生日那天早晨——说得更准确点是六十六岁——我从睡梦中醒来，回归了逍遥自在的自由身。毕竟一直以来，我涉足商圈，并非出于自身意愿，不过是想借此机会增加一些人生历练罢了。"

"那这座宅院呢？"斯兰夫人问，"整整三十年，您都因为心里不欢喜而将有意向的房客统统拒之门外，您之前告诉过我的。那总归是出于自身意愿，没错吧？毕竟这种做派实在无法称为'生意'啊。"

"呀，"巴克特罗夫先生伸出手指，放到了自己鼻子上面，"斯兰夫人，您可真是个机灵鬼呢，记忆力也强得惊人。不过也别对我太吹毛求疵喽：这座宅子呢，就当是我犯下的一个小小蠢行吧，一直以来我都是这么认为的。又或者该说是明智之举？我说话一向讲究严谨。我发现喽，斯兰夫人，您可真爱开玩笑。您的话我无意冒犯。多亏女士们的调侃打趣，否则我们还真容易忘乎所以，不知道自己姓甚名谁了呢。您知道的，我一直以来的梦想，就是在这座宅院里安详地度过余生，所以自然不希望它的氛围受到任何不和谐因素的影响。您或许已经注意到了——不用问，您肯定注意到啦——这里的气氛非同寻常，既饱经沧桑，又超脱世俗。长期以来，我一直都百般小心地维系着这种氛围，一个人虽难以营造整体氛围，但至少能做到守护它免受干扰。"

"可是，倘若您希望一人独住——"斯兰夫人见他抬手要纠正自己，于是改口道，"那好吧，倘若您希望在这栋宅子里度完余生，那何必还要租给我？"

"哎呀，"巴克特罗夫先生答道，语气虽然轻松，却流露出一丝怜悯的意味，"老实讲，如果是租给斯兰夫人您，可能不太会妨碍到我的计划呢。"

巴克特罗夫先生纵然谦谦有礼，在这类事上却向来理智客观，绝不受分毫私情的影响。他毫不讳言，十分坦率地指出斯兰夫人仅需短租的事实。每当要劝她省去某笔多余的消费时，他总会说这"对她来说得不偿失"。有一回，斯兰夫人提出想安装集中采暖系统，这位老绅士竟"好心"提醒她，说她就算今年能在这栋"人生最后的宅院"里住到冬天，往后也没几个冬天可过了。"不过当然喽，"他悲悯地补充道，"在还能享受的时候，就该好好享受一下嘛，完全情有可原啦。"热努听到这话，一时怒上心头，当即搬出自己的宗教信仰反驳起来。"既然如此，那先生是认为天堂里连加热装置都没有喽？在您心里，上帝就这么跟不上时代吗？真是无知啊，这种思想；大概很容易不攻自破吧。"即便如此，巴克特罗夫先生仍旧固执己见，坚持认为要想让房间保暖，点上几盏油灯便足矣。他计算出一个冬天要消耗多少加仑的煤油，并将其与置办暖炉以及钻墙铺设管道的费用作了比较。

"不过呢，巴克特罗夫先生，"斯兰夫人话里带上了隐隐的怨气，"您既是房主，又是中介，本该积极鼓动我安装集中采暖系统才是。想想看，这对您的下任租户会有多大吸引力。"巴克特罗夫先生则答道："一码归一码，斯兰夫人，关心下任租户和体贴现任房客，对我来说完全是风马牛不相及的两件事。这是我奉行了一生的行事准则；也正因如此，我与旁人的关系才总能泾渭分明。我喜爱把界限划得清清楚楚，最讨厌跟身边所有人都处得暧昧不清，结果非但没取悦到谁，自己还是最受伤的那个——这无疑是世间大多数人都会犯下的错误。我的原则就是，弱水三千，只取一瓢饮，为此得罪多少人都在所不惜。这辈子我也的确冲撞冒犯过不少人，但我死而无悔。今朝有酒今朝醉，是我始终恪守的原则。生命如朝露，岁月难长久啊，斯兰夫人，流年似水，咱们得争分夺秒，抓紧时间的尾巴才是。无论沉湎过去，还是思考未来，都没有任何意义。毕竟昨日一去不返，明日前路未知。就连今日于我们而言也是一片茫茫迷雾，到底会发生什么，唯有上天晓得。所以我告诫你们[1]，"说着说着，巴克特罗夫先生甚至换上了《圣经》的语言风格，同

1　原文为Therefore I say unto you。在《圣经》里经常出现。

时再度绷直了脚尖，好似在强调他的话一般，"别安装集中采暖系统，毕竟您自个儿都不晓得还有多少时日能享受这玩意儿。至于我的下任租户嘛，让他到地狱里去取暖吧。我真的是诚心相劝，劝您买上几盏油灯。不管换多少次灯芯，在您寿终正寝以前，这几盏油灯都足以让您暖和起来了。"说罢，他换了另一只脚绷直压地，随后撅了撅他那缀有华丽饰边的衣服后摆，动作轻快极了。一旁的戈舍兰先生提了提帽檐，早已尴尬得面红耳赤。

斯兰夫人算是想明白了，巴克特罗夫先生之所以如此坚信自己租不了多长时日，归根结底，原因无外乎两点：首先，他对自己的年龄有个大概了解，再者就是据他估测，这个世界过不了多久，很快便将走向终结。只见他神色凝重，用严肃的语气谈论着这个话题，毫不在意一旁的热努和戈舍兰先生，而后者显然对这类问题相当抵触——热努更想谈谈被单毛巾柜，戈舍兰先生则巴不得说说色胶涂料的问题。然而眼下，热努只能将床单被罩暂时晾在一边，戈舍兰先生也不得不放下他那小小的满月般的颜料圆盘，惦记着里面盛满的各色涂料：庞贝红、水鼠灰、茶青色、虾红……此时此刻，巴克特罗夫先生正沉浸于死与生的话题不可自拔，对被单毛巾柜跟色胶涂料之类的问题实在兴致缺缺，连敷衍都懒得敷衍，能耐着性子跟他们谈个五分钟就相当不错了。在此之后，他又将矛头转而指向二人，一面挖苦戈舍兰先生每个房间测量的长度都应不一样，东西走向或南北走向的房间长度会有差异；一面又讽刺热努其实永远无法把搁架摆成真正的水平角度，毕竟整个宇宙都是弯曲的，诸如此类，不胜枚举。这一番口舌的狂轰滥炸，不由让热努和戈舍兰先生窘迫得无地自容。而与此同时，热努反拜倒在这份学识之下，对巴克特罗夫先生佩服得五体投地，戈舍兰先生的帽檐也快挨到鼻尖上去了。巴克特罗夫先生见两人如此尴尬，心头不禁泛上一阵虐待狂般的快感，嘴巴也越发停不下来。他心里明白，斯兰夫人是位懂得欣赏自己的听众，始终对自己赞赏不已。而他也为照顾她的感受，讲话时尽量理性，注重实际。"诸位也许知道，"某间尚未完工的房间里，他驻足而立，打开了话匣子，这个时候，油漆匠们也停下了手里的刷子洗耳恭听，"关于世界末日，至少有四种说法，即大火、洪水、霜冻、以及天地大冲撞。除此以外还有其他预言，但都不怎么符合科学原理，而且太不可信，暂可忽略不提。当然喽，还有一系列的预言性数字。我算是毕达哥拉斯[1]派的忠实信徒吧，毕竟我相信数字是永恒协调的基本组成部分。数字纷纷扬扬地飘散在空虚当中；宇宙的崩毁或许能够想象，数字的消亡却实在不可思议。可就算我这样说，也并非代表一切数学智慧和演算模式我都信服，譬如——诸位或许还有印象——巴比伦人心中最神圣的数字12960000，或者是威廉·米勒（William Miller）[2]运用加减法得出的结果：世界将在1843年3月21日毁于一旦。不是这样的。在这方面，我自有一套计算方法，斯兰夫人，我能向您保证，最终结果虽令人沮丧，却无懈可击，绝对经得起推敲。天地毁灭，近在咫尺。"巴克特罗夫先生越说越起劲，他轻手轻脚地走到墙边，拿粉笔头小心翼翼地写下几个字母——"PΩMH"。待他写完，一名油漆匠紧随而至，同样小心翼翼地用刷子把字母擦掉了。

"可到了那时，夫人，"热努开口道，"我那些个床单被罩可怎么办才好呢？"

1　毕达哥拉斯（约公元前570—约公元前490），古希腊数学家、哲学家，世界上首个注重"数"的人。
2　威廉·米勒（1782—1849），美国宗教狂热分子，耶稣再临派信徒。——编者注

*

　　斯兰夫人还是头一次这样喜爱有人作陪。在两位老绅士的朝夕相伴下，她感受到了从未有过的欢愉与甜蜜。过去，她也常与英才贤俊交往，跟高官显要相处，也曾努力适应他们的交谈方式。她曾经忙于打理尘事世情，那段岁月里，她学会了如何将那些于她而言难以整理的零散信息拼凑成一个整体。这总会让她的思绪飘回天真无邪的少女时代——那个时候，她尚才疏学浅，不仅对旁人口中的爱尔兰问题或妇女运动一无所知，对自由贸易和保护主义更是一窍不通，而且似乎骨子里就无法分清两者的区别，不论人家给她解疑释惑多少次都无济于事。每时每刻，她都绞尽脑汁，想方设法地在亨利面前掩饰自己的孤陋寡闻。好在最后她终于得到回报，亨利会时常向她诉说他在政务上的困扰与迷惘，只为一吐为快，却丝毫不晓得长久以来，自己其实一直都在"对牛弹琴"。暗地里，她常常因自己的不足深感羞愧。可即便如此，她又能怎么办呢？不行，她就是单纯想不到，想不到阿斯奎斯先生（MrAsquith）为何不喜欢劳合·乔治先生

（MrLloyd George）[1]，想不到工党这一令人不安的新兴政党究竟有何目的。她所能做的，充其量就是尽力遮掩自己的短见薄识，同时疯狂地从脑海中搜寻一切相关的蛛丝马迹，力求给对方一个像样的答复。他们曾在巴黎待过一阵子。那段时间，她度日如年，因为她虽然很欣赏法国人的思维敏捷、伶牙俐齿，但这使她更加自惭形秽。若对方出口成章、言谈间妙语连珠且一语中的，她便能正襟危坐，如痴如醉地听上数个小时之久，在赞叹对方"一语道破人生"的同时不由喟叹，自己恐怕需要一生的沉淀方能有如此造诣。然而这份宁静的欢愉，到头来却总是被一股莫名其妙涌上心头的恐惧所破坏：她害怕在某时某刻，某位不懂礼数的宾客会出言无状，抛出一个她无法应付的难题，比如问道："那么，大使夫人有何见解？"尽管她心里明白，对于这些问题，她远比对方理解得更深刻透彻，同她相比，他们其实根本就不懂自己在说什么——毕竟法国人的谈话总是围绕她最关注的话题展开，她自觉在这些方面有所了解，只是碍于不善表

达——结果就是，她被问得哑口无言，即便绞尽脑汁憋出几句，也是一如既往口拙，说的不是含混不清，就是词不达意。与此同时，她还意识到，坐在身旁的亨利一定正因爱妻在大庭广众之下出丑而如坐针毡。尽管如此，他私底下却偶尔会说，她是他这辈子遇到的最聪颖伶俐的女性，因为她虽平日里不善言辞，但从不发表任何鲁莽荒谬的言论。

长久以来，她一直暗暗祈祷，希望这份痛楚能悄悄埋藏在她心底，万万不可让亨利跟其他宾客知晓。除了这最让她无地自容的一点，对于自身的一系列无能之处她也深感羞惭，譬如不会准确地开支票，填数目时老是弄混阿拉伯数字跟英文大写，常常想不起来在支票上画线和签名；再比如想不通公司债券为何物，也搞不清楚普通股跟延期付息股票的区别；更不必说牛市、熊市、雄鹿[1]和期货升水了，每每见到这一长溜的"动物荟萃"，她都以为自己是误打误撞，不小心进到了某家野生动物马戏团。她一直都怀着一颗忠诚虔敬的心，深信上述事务才是重中之重，毕竟显而易见，整个世界的运转就靠它们。无论党派政治、

1　投机认股者。——编者注

战争、生产制造，还是高出生率（她已经学会称之为"人力资源"）、竞赛、秘密外交抑或种种疑心，在她眼里皆是组成某场重要博弈的单元零件，而这些缘何"重要"呢？那是因为在她的社交圈子里，头脑最灵光的那批人都喜欢把这场博弈当作他们毕生的事业来看待，虽然这对她来说，不过是场晦涩难懂、莫名其妙的游戏罢了。她坚信事实便是如此，但与此同时，她也越发感觉到，自己身处一场虚幻的浮梦，幽影攒动，阴森又荒谬。这整个悲剧性的体系，仿佛植根于某种不可思议的古老传统，艰深晦涩犹如货币学说——（她曾听别人说）其与黄金的实际供应并无任何瓜葛。世人之所以摒弃石子，选黄金为象征，之所以放下亲善，视争斗为行事准则，都不过是巧合而已。很显然，世人未曾想过，简简单单的石子跟亲善，也许会让这颗大家赖以生息的星球变得更好。

不管她怎样做，她的子女依然深受同样的传统熏染，并在这种氛围下逐渐长大成人。这也是理所当然。他们贪得无厌，从不懂得适可而止。赫伯特永远喜欢穿靴戴帽，那么好为人师，总是怀着一颗愚不可及的勃勃雄心；嘉莉整日游走于委员会之间，讲话向来疾言厉色、颐指气使，什么事都爱横插一脚，丝毫不顾对方的意愿，天生热衷越俎代庖——关于这点，她的母亲相当确定；而查尔斯呢，则终日怨天尤人；至于威廉和拉维妮娅，他们日常就抠抠搜搜的，总是斤斤计较，俨然把节省与吝啬奉为终身大业。从本质上讲，这些孩子都非良善厚道之人，做事既不体面，也不懂得低调。唯独伊迪丝与凯伊同母亲或多或少意气相投：伊迪丝永远都是懵懵懂懂地白忙一场，竭力想把事情厘清，结果反而弄得更乱，帮了倒忙；她总想停下脚步，极目远眺，展望人生的全貌——大多数人都认为这不可能办得到，唯有伊迪丝甘愿为此上下求索、劳心费力，就算落个不快乐、不如意的下场也在所不惜（话虽如此，这种矛盾反倒成为她身上的闪光点）；凯伊——好吧，在她所有的孩子里，大概唯有日夜沉迷于罗盘跟星盘的凯伊最不求上进，只管安于一隅；然而，他却也是大伙里最具"独立存在"意识的一个，只是他自己不晓得罢了——每当随手掩上身后的屋门，取出掸子慢条斯理地拂去书架上的尘埃时，他便会全身心地沉浸于这份自我意识中不可自拔。没错，凯伊跟伊迪丝是她的心尖肉；这是她此生另一个荒唐可笑的秘密，她会将它深埋心底，带入坟茔。

　　除此以外，长久以来，她始终是个孤单落寞的女人，她明里恪守着一套信念准则，但在心灵深处，她渴望打破这一切。她也会遇到与自己合拍的灵魂，例如那位曾陪同他们前往法塔赫布尔·西格里的年轻人。这般相逢总令她心花怒放。他的名字她如今已忘却，或者当初就从未了解；那个时候，她仅仅是对着他的眸子凝望了片刻，心头便莫名涌上一阵慌乱，于是毅然转过身去，坚决不再看那双眼睛，慢悠悠地走回总督跟他那群佩戴太阳头盔的官员那里去了。此般相逢屈指可数，况且受制于生活环境，纵使有也是昙花一现。（然而，她始终坚信，志同道合的灵魂其实不在少数，只是皆埋藏在世间的重重清规戒律下不见天日，使得心灵再难碰撞，共鸣也再难响起。）而巴克特罗夫先生、戈舍兰先生的做伴则让她感到无比愉快安逸。她可以对巴克特罗夫先生直言相告，自己根本搞不清费率和税款究竟有何区别，而不必为此感到丝毫的难为情。同样，她也可以脸不红心不跳地跟戈舍兰先生说，自己压根不晓得伏特跟安培到底有什么差别。两人谁都不会试图为她答疑解惑，只会当即投降，干脆利落地丢下一句："放着让我来就好。"于是她撒手，把事情完全丢给了他们。内心深处，她很明白：他们绝对不会辜负自己的信任。

这份陪伴带给她的解脱和放松当真不可思议！不知这一切是由于人老了，身子骨乏了，还是因为长久盼望重返孩提时代？毕竟在那时候，决定都是他人做，责任也都是他人来扛，在那片天地，阳光明媚，世间万物皆充满善意，一如幻想中那般，她能够自由、尽情地做属于自己的白日梦，其他一概都不管不顾。她不由想道，要是能再年轻一回就好了。她将誓死捍卫那些平和与沉思的灵魂，坚决抵抗世人心底蠢蠢欲动的奸诈狡猾和虚伪欺骗的一面——没错！虚伪跟欺骗！她不禁呐喊道。霎时，一股奇异的力量自体内喷薄而出，她一只手握成拳头，狠狠地打在另一只手的掌上；但很快，她又再三反躬自省、扪心自问，怀疑方才的想法只是某种悲观主义，某种对生活意义的否定，甚至只是在单纯承认自己精疲力竭罢了。不过，在经历了一番思想斗争后，她得出的结论是并非如此，因为唯有通过沉思（以及重拾她过去被迫舍弃的兴趣爱好），她方能过上比她的子女们更快乐满足、更真实有意义的生活，毕竟那些孩子只懂得根据结果和行动去衡量事物。

　　她犹记得，当初同亨利一道穿越波斯沙漠时，马车周围总是飞舞着一群蝴蝶，与他们一路同行，形影不离。蝶影翩飞，或皎白似月，或幽黄如灯。这群小精灵在他们四周和头顶上翩跹起舞，一会儿整齐划一地向前飞行，一会儿又原路折返，亲密相伴在他们左右，宛如陶然自乐一般，不断放慢轻捷灵动的舞步，好与这笨拙迟缓的车子齐头并进，但又难以习惯如此节制稳重的步伐。于是，为抚慰那一颗颗浮躁的心，它们时而凌空飞起，时而穿梭隐伏于轮轴间隙，时而又紧抓马蹄下落的空当，自另一端飘然而去。风中翩飞的蝶群，往这四野荒漠洒下星星点点的暗影，犹似抛下一片片漆黑纤细的铁锚，以无形的绳索与大地紧紧系连，被迫紧随着那轻巧如电、变幻莫测的步调乱飞一通。她犹记得，那时马车追在太阳后头，从曦光初绽追到暮色苍茫，一路颠簸，一路单调无味，让她恹恹欲睡，却又忍不住浮想联翩。单调的进程就仿佛一把耕犁，紧随艳阳的步履，环绕着这个世界，慢条斯理、永不停歇地耕翻着脚下的土壤——她犹记那时自己思潮起伏，恍然觉得她自己的人生与之如出一辙：像追随艳阳一样屁颠屁颠跟在亨利·霍兰德后头，不时也会融入那团翩飞的蝶影，而那群飞蝶恰恰就是她的游思妄想，是她离经叛道的异想天开，纵使狂飞乱舞，马车的步调却一如既往，并未因其改变分毫。花贼们翩翩飞舞，却片翼不沾马车；闪烁飘摇，宛如掠影浮光；偶尔向前飞冲，又徐徐飘回，既似招摇，又像戏耍；在轮轴间隙狂飞乱舞；拥抱着独立自主、美丽愉快的人生。这个时候，一群衣衫褴褛的人蓦地映入眼帘，他们正一边避开蜗行的马车，一边踩着急匆匆的步子一路穿越荒漠。然而，此番为考察调研踏上旅途的亨利，见此情景，仅仅说了一句："这些人的眼炎还真糟——真的，我不能袖手旁观，必须得做点什么才行。"当然，她清楚亨利并非随口一说，日后必会找传教士们专门商讨这件事。就这样，她将目光从蝴蝶身上收回，集中于自己的职责。她已经下定决心，一待他们抵达亚兹德、设拉子或是其他任何一个地方，她便要率领传教士们的妻子调查村庄里的眼炎问题，并筹备从英国运送一些硼酸过来。

而令她想不通的是，相比其他的一切，最让她在意的竟是那团在风中翩飞的蝶影。

对她来说，

这份婚约自己显然不可能接受。

这个念头太过可笑，

简直荒谬绝伦。

纵使尘世喧嚣，街头熙攘，

她的心仍沉静如水；

一举手，一投足，

皆如闲庭信步，从容自若。

——克里斯蒂娜·罗塞蒂（Christina Rossetti）[1]

　　晚夏的一日，汉普斯特德。那天风和日丽，她在南墙下安然而坐，依傍着桃树，鼻息间尽是蜜桃烂熟的香气。眼下清闲无事，她不禁思绪万千，回想起多年前同亨利缔结婚约的那天。现在，她日日安闲自在，有足够时间回望自己的一生——好似穿越一片广阔的乡间，在路的尽头，零散的田野、片断的时光汇成一道风景，作

1　克里斯蒂娜·罗塞蒂（1830—1894），英国杰出女诗人。

为一个整体映入她的眼帘。她能够在此展望人生全貌，甚至可以择出一小片田野，任凭思绪重游旧地。而她本人似乎始终立于高处远瞻，将所有风光都尽收眼底。每一块田地都各得其所，皆用篱笆妥善围好，再通过篱间缝隙彼此相连。她不由想道，她终于也能把自己的人生围起来了！她悠悠地回味着彼情彼景，宛似独身一人，沿着绿草丛生的小路横越田野，和风习习，抬眼望去，路两旁的酸浆草和毛茛正摇曳生姿。她再次缓慢回忆，从晨起就餐一直忆到夜深人静之时；随着时针一圈一圈转动，那日的每一刻都清晰重现于她的眼前。她在心里想着：那日我第一次下楼的时候，帽子后面的绸带还摇来荡去；接下来是他请我一同前往花圃，我们坐在湖边的长椅上，他告诉我，"天鹅扇动翅膀的力道足以打折人类腿骨"这一说法完全是无稽之谈。她一边侧耳倾听，一边目不转睛地凝望着一只天鹅。那只天鹅正沿着湖畔向他们款款游来，它将喙探入水里，蘸了点湖水，随后弯下优美的颈子，急急地梳理起胸前那一丛丛雪白的羽毛来；然而，当时，她心里想的不是天鹅，而是亨利脸颊上新长出来的那簇腮须，只是两边的思绪交融在一起，令她不由好奇起来，亨利脸上那蜷曲的赭色胡须，触感是否像天鹅胸前的羽毛一般轻盈细软？她思前想后，又无事可做，穷极无聊下，差点就要伸手摸上去——就在这时，他转开话题，不再谈论天鹅，仿佛方才的一席话，仅仅是为遮掩他那颗踯躅的心灵罢了；紧接着，她看到他俯身向前，伸出手指摩挲她的裙角褶皱，嘴里喃喃说着什么，言辞恳挚又急切，似乎等不及要同她缔结某种联系，只是这份渴望和焦虑，他自己并没有意识到而已；可在她看来，自他真诚表白的那一刻起，心与心之间的联系便被一刀两断，她已再无半点伸手摸摸他脸颊上蜷曲胡须的欲望。他的语气极为恳挚急切，仿佛这样才能充分体现那番话多有分量，宛如它来自他灵魂深处最隐秘、最庄重的部分，是他性格里最不为人知一面的真实写照；那番话语无疑意义重大，闪烁着成熟理智的光芒，但也瞬间将他从她身边推走，比雄鹰伸爪把他拽向天穹的速度还快。就这样，他撇下她走了，连影子都了无踪迹。表面上，她仍凝望他，专注地聆听他讲话，但在心灵深处，她明白，两人之间横亘着千里之遥。他俨然属于这样一片领域：结婚生子，养儿育女，在用人面前发号施令，缴所得税，谙熟红利股息之道，在小辈跟前故作高深，刚愎自用，说一不二，在吃饭睡觉之类的事情上随心所欲。霍兰德先生正请她一同加入这样的生活。他想与她缔结姻缘，同她共度一生。

对她来说，这份婚约自己显然不可能接受。这个念头太过可笑，简直荒谬绝伦。想要她跟随霍兰德先生一同前往那片领域，绝对没戏；或许谁都有戏，但唯独不能是他。她深知这位男士才华横溢，注定要与那世间最遥不可及，也最引人注目的谜题——事业——纠缠一生。父亲曾对她说，霍兰德这小伙子未来不可限量，有朝一日定能当上印度总督。这也就代表将来有那么一天，自己必将成为总督夫人——她光是想想就心头撞鹿，无意中匆匆看了他一眼。霍兰德先生凭借主观臆断，立刻"心领神会"，下一秒就将她紧紧搂在怀中，压抑着满腔热情，在她嘴巴上轻轻一啄。

然而，这位倒霉的年轻姑娘还能怎样呢？她还没完全反应过来发生了什么事，母亲就已经乐得合不拢嘴，眼角甚至还流下了喜悦的泪水，父亲的手也早已亲切地搭在了霍兰德先生的肩膀上，妹妹们则争先恐后地询问她们是否都有份在婚礼上做女傧相；另一边，霍兰德先生昂首挺胸地站在一旁，他一言不发，唇边浮现出浅浅的笑意；他微微鞠躬，凝神细细端详着她，纵使涉世未深，她也看得懂，那目光里分明只写了一句话——"你是我的"。于是须臾之间，她摇身一变，从原来的自己变成了另一个截然不同的人。抑或没变？看着眼前这一张张蓦然喜笑颜开的面孔，她却感觉不到自己的灵魂有任何相应的改变。毫无疑问，在内心深处，她还是原来那个她。自那以后，她的生活发生了翻天覆地的变化，旁人开始事事征求自己的意见，她不由对此感到毛骨悚然，好似手里的决定权是一块烫手山芋，于是总是着急忙慌地交还至他人手中。她觉得唯有如此，"最终彻底变成另一个人"的那一刻才不会太早来临。唯在这短暂的时间里，她才能继续坚守内心，偷偷地坚持自我。

那过去的自己到底是什么样子呢？对此，她心里很是好奇。一位老妇回瞻韶华时代的自己？——这样的遐思是何等温柔，充满怀旧之情，却不会带来半点忧郁！这是她今生今世最后一个心愿，为此，她终其一生都在孜孜以求，眼下终于能够在生命的最后时刻纵情奢侈一回了。在投入死神怀抱前这段短促的光阴里，她刚好有时间随心所欲，再尽情放纵一把。反正她现在无聊得很。如此闲散，还是平生首次——不，应该说是自她步入婚姻殿堂以来的首次。如今，她终能缓缓向后仰卧，聆听着耳畔缭绕不绝的蜂鸣，倚靠着"死"，静静谛视"生"了。

渐渐地，锦瑟华年的自己浮现在她眼前。那是一位年轻的姑娘。她轻轻挥动着帽子，步履款款地走在湖边，一面垂眸沉思，一面用阳伞尖戳着足底松软的泥土。她穿着一件很有女人味的薄纱荷叶边连衣裙，那是1860年的流行款。她卷发如瀑，其中一绺垂在颈间，发梢弯弯，颇是温柔。一只卷毛猎鹬犬跟她脚边，不时钻进灌木丛里嗅来嗅去。这一人一犬，打眼看去，简直就像是寄托柔情的留念物上的精美雕刻。没错，那就是她，黛伯拉·李，不是黛伯拉·霍兰德，更不是黛伯拉·斯兰；苍老的美人儿阖上双眸，想将这幅图景更深地镌刻于脑海。那漫步湖畔的姑娘虽毫无所知，但在一旁的老妪眼里，这整段芳华岁月早已一览无遗，仿佛采撷一片正在绽开的花瓣；清雅优美，摇曳多姿；她既明艳秀丽，又白璧无瑕，心灵灼烧着炽焰，蕴含着磅礴的激情，却踌躇不决，像小野兔那样容易受惊，也似树干密影间窥探的母鹿般巧捷灵敏，对人毫无防备；她的步伐轻盈飘逸，宛如在舞台侧面等候的舞者，又仿佛一朵大马士革蔷薇，柔和悦目，萦绕着一缕缱绻的幽香；她笑音清脆，似林籁泉韵——没错，那便是青葱岁月，纵使在未知的门槛前踟蹰不前，也做好了准备随时冲锋陷阵。老太太不禁靠近了些，端详起眼前的人儿来；刹那间，映入眼帘的是吹弹可破、凝滑如脂的细皮嫩肉，纤巧俏丽、柔美流畅的线条；一对明若朗星的睛瞳深邃如渊，两瓣樱唇未经世事，一双纤纤素手也光秃秃的，没戴戒指；她深深热爱着过去的那位姑娘，想要再听一回她的声音，再回味一次她讲话时的口吻腔调，可那姑娘却始终缄口不语，犹如信步在一面磨砂玻璃后。她形单影只，茕茕孑立。这种独自暗思，似乎是她本质的一部分。不管她脑袋里装着什么，都可以肯定，那绝对不是爱慕、迷恋或者任何年轻人通常有的情愫。即便她沉入梦境，梦中人也不会是年轻的亚当。斯兰夫人想：话说回来，真不该用单一的某套观念来束缚年轻人，毕竟年轻人的青春不可限量，这样对待他们真是天理难容啊；年轻人的青春充满各种可能，青春的熊熊烈火可以烧尽横溢的江河，使五湖四海的钟声为其响彻云霄；脑袋里装的除了爱情，还有名声、功绩和天赋等等——没准这些东西就藏在我们的心底，砰砰冲撞着我们的胸膛呢，天晓得！咱们还是快些退回小塔里去吧，看看沉睡在灵魂深处的天赋异禀是否仍未觉醒，仍未显现出来。可是老天爷啊，斯兰心里默默嘀咕起来，在1860年，一个姑娘家的，要是天天惦记着什么名誉荣耀，那是绝对没有未来可言的。

斯兰夫人当真三生有幸，能够看透那位姑娘，也就是过去的自己的内心。流连拖沓的步履、驻足的凝神、微蹙的眉宇、拿阳伞戳地的举动、湖水中破裂颤抖的倒影，所有这些细节，她都统统注意到了；不仅如此，她还能读懂这场一个人的漫游背后，那纷纷扬扬飞舞的思想碎片。那些思想是何等隐秘，何等不羁，她深有体会。面对这副娇弱文雅的皮囊下所深藏的心绪，即使是一个放浪形骸的男性青年也会甘拜下风。逃之夭夭，远走高飞，掩饰伪装，正是那些念头的全部；改名更姓，装扮成异性，在异乡过随心所欲、自由自在的生活——这一系列规划，简直可以跟那些打算逃去海上的小伙子做的计划相提并论了；手起刀落，一绺绺柔长的卷发被尽数剪下——想到这里，一只手暗暗抚了上来，犹似在轻拂那颗剪成短发的美丽头颅；那件女用三角形披肩会被衬衫所替代——她伸出手指，凭着感觉，假装打起领带来；那条女裙将被踢到一边，永不再捡起——想到这儿，她顿时不好意思起来，害羞地把手伸进了裤兜里面。就这样，姑娘的形象一点一滴消弭，与此同时，一位体态瘦长的小伙子慢慢浮现在眼前。面前的人，虽说是小伙子，但从根本上讲并无性别之分，纯粹是青春的符号和具象化，一个发誓要永远舍弃性别权利与乐趣的人，旨在追求他天马行空的想象中那更为崇高卓越的目标。简单来说，黛伯拉在十七岁时便下定决心，未来要当一名画家。

那早前将她的一把老骨头和墙上的蜜桃晒得暖融融的太阳，此刻已不知不觉落到屋后，并逐渐西沉。寒气弥漫，她冻得微微哆嗦起来，于是站起身，拖着椅子走到前方尚有阳光照耀的绿地。她要重新追随她从前的理想，自它来路不明的诞生伊始，到它生根发芽、化作沸腾热血的数月时光，直至最终那段岁月，理想凋谢颓败，她纵使全力挽救也依旧徒劳无果。眼下，她终于看破它的本质：这是她生命里唯一有价值的事物。她这辈子经历过不少"真实"，或其他女性所认为的"真实"——可她现在不愿回到那些"真实"里去，更愿意沉浸在这种"超越性真实"之中。它坚如磐石，牢不可破，即便只是回想它过去是怎样支撑着自己一路走来，心底便会涌上浓郁的欢愉，无止无境，宛若满溢的潮水；此时此刻，她不单单是在自我思考，更是在用灵魂回溯这份"超越性真实"；洋溢其间的爱意缠绕入骨，远不似怀旧陈述里那般冷硬真实。恍然间，她的心魂再次陶醉，沉湎于那份狂喜中，发光发烫起来。那似痴似醉、欣喜若狂的滋味是何等妙不可言！何等美好！何等来之不易！又何等值得！哪怕是见习修女也不会比她警敏一分。那个时候，她如同一根强韧的铁丝，一旦拉紧，任何细微的触碰都会令其簌簌颤抖；她年纪轻轻就可以成为整个创造领域的权威偶像，受世人崇敬膜拜。她的脑海中飞舞着纷纷扬扬的画面，每一幅都极致热情，极致奔放，洋溢着丰沛的情感。无论那猩红的披风，还是银光锃亮的利剑，都不够华丽、不够纯净，完全无法表现那埋藏在人格深处的无限激情。"老天爷啊，"她不禁仰天呐喊，澎湃的青春之血再度奔流于她胸腔，"这种人生才值得一过！"定睛细看吧，充分体会吧，那艺术家与创作者的一生；只消轻轻一瞥，无论眼前的蛛丝马迹还是远方天际皆尽收眼底。在她的印象里，相较于实物，投射在墙壁上的驳影更让她欢喜。她犹记得，过去在眺望乌云密布的苍穹、凝视洒满阳光的郁金香之时，她总会微微眯起眼眸，将眼前这些事物深深压刻进脑海，让它们化作构成那一幅幅图案的灵肉骨血。

就这样，一连数月时光，她的心底都激情暗涌，悄悄地做着准备。尽管如此，她却从未执起笔刷作上一画，仅仅是整日浮想联翩，遐想自己遁入那遥远的明天。每逢激情有片刻衰弱，她便灰心丧气，深深体味到平淡生活的琐碎无聊。那些昙花一现、徒劳无果的感受令她莫名不安。慢慢地，一股恐惧逐渐涌上她的心头。她害怕激情一旦消沉便终将熄灭，且永无苏醒之日；一到那时，她就会被丢进昏天暗地的冰窟里。她永远也不会知道，有朝一日激情复苏，一连串花环般的美妙韵律将再度飞扬、响彻天穹。到处都光芒四射，亮闪闪、暖洋洋的，如同沐浴在翌日东升的艳阳中和璀璨夺目的朗星下。她会再次振翅高飞，稳稳地翱翔于苍天。她的生活便在这两种极端中摇摆，也许上一秒还欣喜若狂，下一秒就深陷萎靡不振的泥沼。然而所有的这一切，她都未曾向旁人显露过半分。

　　大概是某种本能在警告她，让她万万不可将这些"不合宜"的秘密透露给任何人，因为她心里很清楚，她的父母纵然十分溺爱纵容她，但思维难免狭隘片面——他们会面带微笑听她诉说心声，轻轻拍拍她的头，互相交换一下目光，然后单刀直入地说："不愧是咱们家的漂亮姑娘！以后但凡遇到个帅小伙子，这些念头就都烟消云散喽。"又或者，她纯粹是出于艺术家对隐私的看重，才一直以来对这些秘密缄口不提。她向来听话，性格乖顺至极。她在家里会替母亲做些杂务，譬如把采来的薰衣草裹进一大块布里；缝制成小包放到被单隔层；给果酱罐写标签；为巴哥犬梳毛；晚餐后不用人催，自己就屁颠屁颠去绣十字绣了。周围的熟人都眼馋不已，艳羡她的父母有一位这样好的长女。看中她做自家儿媳的人不在少数。不过据称，她家虽明里低调简朴，固守秩序，其实内里也暗藏野心——黛伯拉的双亲岁至中年，膝下子女无数，他们更享受于眼下舒适安逸的乡村家庭生活，对世俗的名利反倒并不太在意；然而，他们唯独对黛伯拉寄予厚望，那是二老唯一的野心：长女未来的丈夫必须品德高尚、行为正直，这自不必多说，但倘使她能做丈夫的贤内助，为他的事业锦上添花——唔，那自然再好不过。当然，黛伯拉始终都蒙在鼓里，父母从未跟她提起过这些，再怎么说，干涉孩子的行为、影响孩子的思想都是不应该的。

这个时候，斯兰夫人又站起身来，将椅子往前面有阳光的地方挪了挪。四周的阴影逐渐扩大，让她感到冷飕飕的。

印象里，她的大哥长年出门在外，从未着家；他那时二十三岁；他和所有小伙子一样走南闯北，在外谋生。她偶尔也会好奇，想知道年轻男性奔走四方都在干些什么。在她的幻想里，他们开怀大笑，行事荒唐，自由自在；他们沐浴着曦光，大步流星地穿过空荡荡的街巷，返回自己的小窝；或者叫来一辆双轮有篷马车，一路马不停蹄地赶往里士满。他们会同萍水相逢的路人相谈甚欢；他们会去商铺购物；他们还是戏院的常客。不少俱乐部都曾出现他们的身影。他们会被阴影里的女人纠缠搭讪，然后就着深浓的夜色拥她们入怀，轻率浮躁地展开一段露水情缘。他们不管做什么事都漫不经心、逍遥自在，即便回家也不需向谁汇报自己的行程；除此以外，男性普遍追求自由，所以彼此间常惺惺相惜，然而，这份情谊与女性间的志趣相投截然不同，后者喜欢互相打听别人的家事隐私，偶尔还爱开点荤腔。尽管如此，就算黛伯拉知道自己跟大哥的生活天差地别，她依然三缄其口，对此只字不提。大哥阅历丰富、机遇无限，相较之下，她自感见识有限或目光狭隘也情有可原。假使他决定报考律师，那他必定会博得周围人的赞扬与喝彩，那她想成为一名画家，却为何要战战兢兢地不敢宣布自己的决定，结果落得不得不孤注一掷，密谋女扮男装、远走高飞的结局？其中必有蹊跷。不过，似乎有一点大家都心知肚明，甚至心照不宣：这世上供女性选择的职业，有且仅有一种。

从霍兰德先生带她离开湖边，走到她母亲身边的那一刻起，黛伯拉便深刻意识到这种心照不宣是多么牢不可破。长久以来,她都是父母的掌上明珠,纵使如此,她也未曾得到过这般溢美之词,以及其中那犹如艳阳四射般的热情。她的脑海中不由浮现出一幅幅意大利画作来,画面里天堂大敞,永恒的天父在宛若折扇轻展的万道金光中款款降临,众人纷纷伸出手指,渴望从那仁慈的光辉中获得温暖,就像围着炉火取暖一样。所以现在,不必说旁人,单是在黛伯拉与其双亲看来,同霍兰德先生订婚是履行了一桩非凡、可贺的美举,算是在让他人称心如意的同时实现了自我,实现了大家一直以来对她的期许。她蓦然置身于无数的"设想"之中。在众人的构想里,只要他在,她便该欣喜若狂,激动得每分每秒都手舞足蹈,一旦他不在,她就该形容憔悴,整日百爪挠心、煎熬不堪;她卑微谦恭,存在的唯一目的就是为丈夫的雄心壮志服务;在她眼里,他就该是这世上最璀璨瞩目、最出类拔萃的男子,而她自己则是天底下最得宠的女人——大家都热衷于向她灌输这样一套思想。就这样,在大家的你一言我一语之中,她自己几乎都要信以为真了。

这样也不错,在接下来的几天里,为作消遣,她稍微允许自己幻想了一把,想象着自己能够轻轻松松就脱离困境,毕竟那个时候,她才只有十八岁而已,况且受到赞美总归是令人开心的，尤其发出赞美的还是自己深深敬爱的人。可很快她便觉察到，不计其数的绕线如蛛丝般紧紧缠住了她的手腕跟脚踝，每一股的尽头都与某个人的心系在一起。那些心灵属于她的父亲，属于霍兰德先生——虽然不太情愿，但她已经学会管他叫亨利——以及她的母亲。母亲的心犹似一座铁路总站，无数闪烁着微光的细线汇聚于此——其中有爱、欣慰和自豪，有作为母亲的激动与不安，也有女性惯有的大惊小怪。黛伯拉呆呆地伫立在原地，动弹不得，毫无头绪，不晓得接下来该如何是好。她感觉自己就像被彩带缭绕的五朔节女王[1]一样傻乎乎的。与此同时，她看到一群人出现在遥远的天边，他们携带着琳琅满目的赠礼向她蜂拥而来，简直与朝贡的诸侯别无二致：亨利拿着一枚戒指——佩戴婚戒是重要仪式之一；妹妹们东拼西凑，合伙给她买了一只装化妆品的袋子；母亲则带来了一大堆家庭日用织品，丰足到给帆船装帆都绰绰有余：餐桌布、餐巾、毛巾（包括手巾和浴巾）、茶几布、厨房用巾、餐具擦布、抹布，当然还缺不了被单，展开才

1　五朔节是欧洲传统民间节日，除祭祀树神、谷物神等活动以外，还会选举象征春天的五月王后。

发现是供两人用的，清一色绣着花里胡哨的交织字母图案，打眼一看不知何意，待凑近细看，黛伯拉才认出是"D.H."[1]。自那以后，她便深陷迷惘的泥沼，整日湮没在丝绸、缎子、府绸和羊驼呢的泡沫与波涛里不知所措；绣女们屈膝跪地，口中衔着一根根固定布料用的别针，把她的身边围得水泄不通；她自己则被迫站着，一会儿转转身子，一会儿弯弯胳膊；不仅如此，她还得乖乖听话，或要时不时小心翼翼地走上几步，以便衣裙下摆在地上铺成一圈；或要在胸衣拉紧时忍受痛苦，咬定牙关，毕竟里衬裁得略小。长久以来，她深觉心力交瘁，而旁人表示爱意的方式，就是要把她折腾得比原来更加疲顿，不仅推给她无数的责任和义务，还天天跟在她屁股后头，如成群的蚊蝇般围着她嗡嗡转悠，直至她再也弄不清眼下自己究竟是站着没动，还是如陀螺般转个不停。时间也同众人沆瀣一气，居心不良地缩减着白昼黑夜，时光飞逝，她的日子总被压得满满当当，安排得匆匆忙忙；就这样，她的岁月化为纷纷扬扬的便条跟砂纸，盛开着无数亨利每日专门从花铺为她订购的雪色蔷薇。然而，一直以来似乎都有一股暗流在悄悄涌动，

---

1 黛伯拉（Deborah）和亨利（Henry）名字的首字母缩写。

那些年长女性的每一抹笑容、每一道目光似乎都别有深意，好像在暗中保持着某种默契，严守着某个秘密，说到底，就是在这份快乐的忙前忙后中，黛伯拉必须尽量养精蓄锐，毕竟来日更有得她累。

　　事实上，婚礼前的这数周时光几乎都被某种神秘女权主义的繁文缛节所占据。长这么大，自己身边还是头一回这样"美女如云"呢，黛伯拉心里默默嘀咕着。这段时间，俨然女家长制时代莅临。大概世界上的男性都变得无足轻重，甚至连亨利也不例外。（他明明就在那儿，却毫不起眼，完全融入了背景板。此时此刻，她不由思绪万千，心想底比斯的母亲在将亲生女儿送去弥诺陶勒斯[1]那里前，恐怕也是这样折腾她的吧。）形形色色的女性鱼贯而入：七大姑八大姨，表姐妹，堂姐妹，闺中密友，女性裁缝，女性帽商，女性紧身胸衣商，其中甚至还有位法籍女佣，一位年轻的姑娘，是黛伯拉未来的专属用人。姑娘眨着一双充满疑惑和新奇的眼睛，默默端详着自己未来的女主人，宛若她是上天的宠儿，是万神钦定之人。渐渐地，在这一系列的繁文缛节中，众人又为黛伯拉献

---

[1] 古希腊神话中的牛头人身怪物。

上另一份期待，认为她在此期间理应发挥最"复杂多面"的一份作用。在大家的构想中，她既该对这一切的目的了然于胸，又该对其中的奥秘不明所以；她既该欣然接受众人眉开眼笑的恭喜道贺，又该心甘情愿地领受他们那犹如惊叫感叹般的称呼——"我可爱的黛伯拉！"她怀疑里面还该有个"倒霉"，只是不巧漏掉了。这个形容词被挟裹在一连串冗长的拥抱中，淹没在众人的友好善意里，几乎彻底同她说拜拜了。她不由感慨万分，噢，女性在婚姻上是何等大动干戈，何等大惊小怪！可她又想道：再怎么说，无论婚姻，还是婚姻产生的一系列影响，那可都是女性这辈子要操心忙活的事，考虑到这点，谁又能责怪她们，向她们兴师问罪？就算是为别人忙得热火朝天，但那股兴奋劲儿却是实实在在的。她们来到世上，梳妆打扮，涂脂抹粉，接受教育——倘使像这种浅薄单一的事情也能够被称为教育的话——受到保护，被蒙在鼓里，被含沙射影，被隔离约束，这一切的一切，不都是为了履行那一个职责吗？不都是为了有朝一日能把自己或自己的女儿嫁出去，辅佐伺候丈夫吗？

可到底是怎样个辅佐伺候法呢？黛伯拉对此茫然无知。她只晓得，这是即将降临在她头上的大好机遇，自己却完全无法感同身受，不能理解众人为何这样兴师动众。她自觉亨利不是她所爱之人，就算是，她也从他身上看不到丝毫放弃自身独立存在的理由。亨利深爱着她，但却未曾有人要求他舍弃什么。与之相反，他娶她进门，仿佛只是为自己的生活增添某些东西罢了。他将一如既往，度过宾朋满座、推杯换盏、把酒言欢的晌午；他将继续前去他的选区，彻夜待在下议院中；他将继续享受他自由多彩、充满阳刚气概的生活，手上无须佩戴戒指，也无须更名换姓以示身份变化；无论何时，只要他想回家，她就必须在那里等他，随时准备撇开手里的书籍、报刊或者信笺；无论他要说什么，她都得随时准备好洗耳恭听；她不得不盛情招待他的政坛相识；就算他从世界的另一端招招手，她也必须颠颠儿地跟过去。说起来，她不禁想道，这倒颇有路得跟波阿斯[1]的影子，亨利也确实乐在其中。另一方面，他也会根据他的理解，对她尽自己的本分，这点毋庸置疑。每逢她做针线之际，他都会坐在她身畔，深情款款地凝望着她低垂的头颅，同她柔情告白，说家有这般花容月貌的贤妻，是他上辈子修来的福气。他身为内阁大臣，地位

---

1 《圣经》中的一对夫妻，其中妻子路得最以"贤德"闻名。

尊贵显赫，他讲话的口吻腔调却与寻常的中产阶级或工人阶级丈夫无异。而这个时候，她该做的便是昂起头来，欣然领受他的夸奖和赞美。他贵为总督，魅力非凡，总引得一些女人趋之若鹜；对于这些女人的逢迎谄媚，他仅仅在往来中保持着必要的绅士风度，除此以外，他一律不理不睬，始终对她忠贞不渝，以防妒忌的翠蛇悄悄溜进爱妻的心底。他步步高升，一路扶摇直上，名满天下，直到头上终于戴上桂冠，发自肺腑地感到骄傲与自豪。然而，在这份偌大的宏图里，难道就容不下一间画家工作室吗？

倘使亨利某夜回家，眼前是一扇紧锁的屋门，那绝对是万万不可的。倘若亨利的墨水和吸墨纸用光了，正心急如焚，结果被告知霍兰德夫人正忙着临摹模特儿，那也万万不可。倘使亨利被任命为总督，需要动身前往某处僻远的殖民地，却遗憾听闻大画家一定得待在伦敦，那同样万万不可。倘若亨利想再抱个儿子，结果得知她刚刚启动某项深入的专题研究，正沉浸其中不可自拔，那亦万万不可。想要在这座充满想象的世界里，设想并期待她享有与亨利平等的权利，那更是断然不行的。婚姻可没允许她拥有这样的特殊待遇。

尽管如此，婚姻依然赋予了她某些特权。黛伯拉来到睡房，取出她的祈祷手册，翻至婚礼的部分。其中提到，婚姻的目的是繁衍后代——唔，这点她是晓得的；曾有友人在她没来得及堵上耳朵前跟她说过。根据里面的要求，女子当忠诚和蔼，对丈夫百依百顺，成为一名敬虔圣洁、娴静端庄、节制平和的主妇。毫无疑问，从某种程度来说，上述内容采用的都是议会式的遣词造句，但另一方面，它们也并非同现实毫无联系。她不禁再度发问——在这座庞大的体系里，难道就容不下一间画家工作室吗？

亨利向来彬彬有礼，风度翩翩，而且眼下正沉湎于爱河难以自拔。所以当她最终下定决心问他，婚后是否会不赞成她画画时，他淡淡一笑，眼里写满了溺爱。赞成！他当然不可能不赞成。在他心里，女子与高雅的才艺最是相得益彰。"我承认，"他开口道，"女性才艺千千万万，唯有钢琴是我最爱。不过我的挚爱啊，既然你的才华不在于此，那咱们就把画画这条路走好便是。"他还表示，倘使她能把沿路风光尽数描绘下来以作记录，那将为他们二人的旅程增添不少欢乐；不仅如此，他还提出将水彩速写做成画册，可以日后在家拿给朋友们一看。可黛伯拉却说，自己想要的远非如此——她想的是更严肃庄重的东西，她表面上虽这样说，实际心里早已紧张害怕到不行——闻言，他脸上再度浮现出笑意，眼神含情脉脉，甚至比以往还要更宽容溺爱、柔情缱绻。他表示未来的日子还很长，以后有的是时间来思考这件事。然而内心深处，他还是相信，等到结婚以后，绝对有的是事儿够她消磨时光的。

那一瞬间，她真心感觉自己四面楚歌，如身陷绝境。她的胸中酝酿着狂风暴雨，简直就要发狂。他的弦外之音，她再清楚不过。她好恨，恨他的威严可畏、气势逼人，恨他的冷硬心肠、居高临下，恨他那看似一往情深、实际不可一世的种种设想，恨他的平易近人、亲善友好，然而最恨的还是自己根本没办法责怪他一丝一毫。不能怪他。他所做的，不过是将那些他有权认作天经地义的事物视为理所当然，仅此而已。就这样，他同那群女人狼狈为奸、串通一气，合起伙来从她手里褫夺了那原本由她选择的人生。

她是个很孩子气的人。她常常犹豫不决，懵然无知。纵使如此，她依然能够意识到这场交谈意义匪浅。她已经得到答案。从今往后，她将对此绝口不提。

但她也不是什么女权运动者。她是何等聪颖明智，绝不会放任自己成为精神上的殉道者，沉溺在那份奢侈的愿景中不可自拔。横亘在她与人生之间的鸿沟，关乎的并非男女间的壁垒，而是脚踏实地者和白日做梦者之间的隔膜。只不过她正好是女子，亨利恰好是男子，纯粹巧合罢了。只是她也承认，相较男人，女性的处境的确要更困苦不易。

这次，斯兰夫人索性一口气将椅子拖到了小花圃的中心。窗后的热努见状，连忙捧着一条盖腿用的毛毯走了出来："夫人快盖上这条毯子，小心着凉。可怜的老爷若是在天有灵，晓得夫人受了寒，不知会怎么说呢？毕竟老爷他，可一向是对夫人您关怀备至、体贴入微的！"

说得不错，自她同亨利步入婚姻殿堂，他便整日对她嘘寒问暖，牵肠挂肚，生怕爱妻着一丁点凉，受一丁点寒。亨利对她体贴入微，而她的日子也的确称得上是舒适滋润。（可那真是她梦寐以求的吗？）不论在英国、非洲、澳大利亚还是印度，亨利总是尽其所能让她过得轻松愉快。他也许是在弥补，毕竟她为他舍弃了全部的独立自主。又或许——她的脑海里蓦然冒出某种古怪的念头——亨利其实对许多事都心里有数，只是怕麻烦，所以干脆隐瞒起来而已。也许他曾有心无心地想用一堆堆毛毯捂灭她的热望，用一张张垫子闷死她的希冀，就像用舒适安逸的生活催眠一颗支离破碎的心那样。她的身畔总是环绕着用人、助理和副官，他们就如同一只只小小的尽职尽责的防撞垫，力求能在船舶停靠码头的时候增加些许缓冲，为船只保驾护航。他们时常越俎代庖不假，但那纯粹是出于对斯兰夫人的忠诚与热爱，想护她周全，为她遮风挡雨罢了。毕竟她是那样娇柔、谦和又不失勇气。她脆弱易碎，不堪一击，总能唤醒沉睡在男性心底的骑士精神；另一方面，她又谦虚谨慎，保守低调，很容易让同性放下戒备和敌意，不再将她视作毒蛇猛兽；而她的蕙质兰心又常常令人由衷地产生敬佩之情，不论男女。至于亨利本人，他虽然也喜欢同狐媚拍马的美女打情骂俏——那副为其他女人倾倒折腰的模样时常像刀子一样狠狠剜着斯兰夫人的心——但在他心里，她始终都是无可比拟的存在，这世上无论哪个女人都不配同她相提并论。

她紧紧围着那条厚厚的毯子——看起来，就像是亨利盖在她膝上的毛毯——同时内心思绪翻涌，反复考虑着这样一个问题：他们之间的交流，曾经究竟紧密到了何种程度呢？现如今，她竟然能够这样超然冷淡地审视他俩的关系，这着实让她感到不寒而栗。与此同时，她又莫名想起了那段往昔的岁月，那个时候，她曾暗中计划逃离双亲，拥抱某种崭新的人生，这种人生尽管有悖传统，理应受到谴责，但从根本上讲却是最严峻艰苦，最光明磊落，也是最能锤炼心灵的一种生活。那时，她面对的是"生"，她必须保持头脑清醒，思维清晰；如今，摆在她面前的是"死"，这又需要她从最真实的角度，用最无所避忌的眼光审视事物的价值。混沌的只是横亘在那时与今日之间的那段岁月罢了。

混混沌沌。但在他人眼里不尽然。过去，在旁人看来，他们的婚姻完满无瑕，二人堪称完美夫妇；在旁人口中，他们从来都是对方眼里的独一无二；众人对他们啧啧称赞，艳羡两人勠力同心，最终家大业大，一切光荣圆满，前途无量。眼下，大家则会向她投去同情的目光，哀怜她的爱别离苦、形单影只；与此同时，他们也会暗暗思量，再怎么说，这位八十八岁的老妪一路走来，人生已圆满，并不值得过多怜悯，她大概会在这样的憧憬中度过残生：有朝一日，她那一如昔日般年少翩翩的夫君，会头戴花环，身披晨衣，静静地站在彼端，遥遥相望，朝她挥手致意。众人嘴里的她这辈子过得很快乐。

可何谓快乐？她又是否快乐过呢？世人创造了这样一个稀奇古怪的词汇，它风靡已久，大家都津津乐道——所有讲英语的民族都对它的含义一清二楚——这个词夹杂着短元音，一对爆破般的p，最后头还跟着个大胆上挑的y，整段人生就这样浓缩在两个小小的音节里。快乐。可世人往往悲喜无端，明明两分钟前还幸福愉快，两分钟后，这份快乐便瞬间消失无踪，既莫名其妙，又匪夷所思；那快乐到底意味着什么？倘使快乐有意义，那它无疑代表着某种忐忑的欲念，祈望世间万物皆有明确的黑白之分；它代表着在人生那恐怖可骇、弱肉强食的热带密林中，渺小的爬行生物们循规蹈矩地四处游走，以寻求安抚，告慰心灵。某时某刻，我们肯定都说过这样一番话：当时，我很快乐；还有一点更能确定，那就是在某些时候，大家肯定也这样讲过：当时，我不快乐——譬如小罗伯特躺在棺木中，他的叙利亚奶妈哭哭啼啼地往上面撒蔷薇花瓣的时刻——人人皆是如此，事实而已。竟然还问她快不快乐，那群家伙真是荒唐又可笑。这纯粹就像在过问某个与她毫不相干的人，然后将这道问题一词以蔽，就连这个字眼，实际上也同那一系列波谲云诡、晦涩难懂又明灭沉浮的人生博弈毫无瓜葛；说到底，这其实不啻想将满满一泊湖水压进一颗小小的致密硬球里，简直是白日做梦。人生便是那泊湖水，斯兰夫人一边遐想，一边在南墙下安然而坐，身上暖乎乎的，鼻息间尽是蜜桃烂熟的甜香气息；湖水宛若一面无澜的平镜，倒映着一幅幅缤纷的画卷，时而镀满日光的金黄，时而浮动着月华的银灰光泽，时而又浸透了乌云浓沉的黑色，水波荡漾，涟漪起伏；可自始至终，湖面都水平如镜，界限清晰无比，根本不可能滚成一颗致密的、小到可以握在掌中的硬球——过问某人的生活快不快乐，实际上便是一样的道理。

不行，这个问题不该抛给她，亦不该抛给其他人。事情并非这样简单。倘使他们当初提出来的问题是她是否爱过她的丈夫，那她绝对会不假思索就给出答案：没错，爱过。无论何时她都会这样回答，她永远不会说：当时，在这般时候，我曾爱过他；当时，在那般时刻，我不爱他。那份爱始终沉甸甸地压在她心头。她爱他，那份爱意仿佛一条漆黑的直线，从头到尾贯穿着她的人生。那份爱曾让她遍体鳞伤，支离破碎，曾令她沦为鼠雀之辈，化作笼中困兽，无论如何都难以逃遁。她身上所有不属于亨利·霍兰德的部分都在生拉硬扯，要她背道而行，要她逃离这一切，最终却都被她心底那股汹涌庞大的爱意尽数拉回，犹如在拔河比赛里将力量较弱的一方拖过中线，把他们拽得人仰马翻一样。就这样，她的梦想、她的独立存在，全部被褫夺，全部要让位。她对他情深似海，这份爱早已压过一切。即便不得不做出牺牲，她终究也没办法怨他分毫。不过，她并非那种享受牺牲、亵渎牺牲的女人。她韶华时期的愿景同这份爱情格格不入，而舍弃那些梦想，便无异于摒弃了其中独一无二的价值，这点她心知肚明。这就是她为亨利·霍兰德所做的一切，而自始至终，他都对此胸中无数。

眼下，她终于能够尽情回瞻过往，回忆过去的他和自己；而比这更重要的是，此时此刻，她终于能够静下心来，一心一意细细地端详他，彻底甩掉过去那份狂暴激烈的感情了。这并不意味着她淡忘了这份爱情之中的苦闷痛楚。她依然记得那段岁月，当时的她并非绝对意义上的上帝信徒，却仍然向上帝祈祷，希望亨利·霍兰德一辈子平安喜乐。她的祷词幼稚而热烈，完美地道出她的内心需要。"噢，主啊，"她每晚都虔心祈祷，"请照顾我心爱的亨利，保佑他平安喜乐吧，噢，主啊，请让一切威胁远离他，保佑他不染疾病，不遭横祸，请把他好好留给我，苍天大地，唯他是我挚爱。"她就这样低声祈祷，月落星沉，日复一日，话里的热忱未曾减过半分。"请让一切威胁远离他，保佑他不染疾病，不遭横祸"——每逢念诵这句，她的眼前都不由浮现出亨利被运货马车撞倒，或者罹患肺炎、呼吸困难的画面，宛似现实里这些灾祸当真降临到了他的头上；"苍天大地，唯他是我挚爱"——每当说到这儿，她都会整夜忧虑不安，害怕话里的"苍天"有亵渎神明之嫌，会得罪哪位爱嫉妒的神，毕竟她把亨利夸成天地间她最珍爱的人，简直是在亵渎神的边缘疯狂试探——特别是里面还包含她所敬奉的上帝——这种对神明的不敬不过无中生有，绝非此番祷告的目的所在啊！尽管如此，她仍旧一如既往，夜夜祈祷，毕竟那远非事实。在她眼里，亨利远比苍天大地，远比世间万物更为珍贵。亨利甚至还曾哄骗她，让她以为他比自己那些理想更加金贵。她绝不会在上帝面前顾左右而言他，因为倘使上帝真的存在，那不论她是否低声祷告出来，他也一定能够洞察她的真心实意。于是乎，她放任自己"奢侈"一把，每晚轻轻地如实祷告，暗暗祈求倾听她话语的是上帝本尊，而非亨利·霍兰德，这带给她心灵莫大的慰藉。每晚祷告完毕，她都能酣然入梦，因为她已经确保亨利至少在二十四小时内平安无虞，这是她设定的"祷告有效期限"。她犹记得她是何等珍重那个男人，即便夜夜祈祷，她依然日日担惊受怕，想要守护好这份瑰宝难如登天。亨利的事业如火如荼，日子安排得紧凑满当，这跟她所祈愿的舒适生活大相径庭！在她的憧憬里，亨利本该过着荷兰球茎花农那样有条不紊的生活，每日聆听柳条笼中鸽子的轻柔咕鸣，看它们张开洒满阳光的双翼，需要操心的只有给郁金香幼株施肥的问题……然而事实上，他的日子总被填得满满当当，一天到晚忙忙碌碌，他时刻受到炸弹的威胁，时常骑着大象穿梭于印度各城之间，需要出席各种典礼，处理各类公事，同她聚少离多，共处的时日屈指可数。即便在伦敦、巴黎或华盛顿等太平的都城，人身威胁暂时解除，这位伟大的国家公仆也可能会即刻回国办公，或者前往异国他乡，执行和平任务。而每逢这时，她便得格外留心：若他沉湎于一时的气馁，内心渴望得到抚慰，她须旋即送上安慰，为他鼓劲；若他昏昏沉沉地走到她面前，无力地跌坐在她的椅子上，默不作声，等待着她的关怀爱护如披风般将自己温柔包裹起来，而她呢，明明深谙丈夫的心思，却必须委婉相谏；她得使他深信，政府阻碍他，敌手对抗他，皆是因为他们鼠目寸光，嫉贤妒能，而与他自身的不足无关；与此同时，也千万不能让他觉察她猜中了他自疑的念头，不然她那挖空心思所做的百般抚慰，眨眼间便将全部付诸东流。终于，她顺利完成了这项"伟业"，而重整旗鼓、恢复了往日精明强干的他也随即转身离去，继续踏上他的忧国奉公之路去了。每逢此时，她的双手绵软无力地垂在身侧，俨然已心力交瘁。纵然如此，她的灵魂却浮泛着一股甘甜的空虚，她的自我似乎流淌到了另一人的血管中——就这样，她渐渐沉沦，恍然中，她甚至好奇自己是否已悄悄升入狂喜的境界。

然而，无论剖白她的爱情，还是回忆这份爱里的种种需求和细节，都无疑太过简单笼统，远不足以填补她的内心。她曾说她爱过——这话虽不容置疑，却仍极具复杂性。"她"是谁？说出这话的"我"是谁？"亨利"又是何人？是头顶悬着光阴与死亡的现实的利剑，而更显金贵的某种实体存在吗？抑或说这份实体存在，纯粹是一个能代表"他本人"的象征，以及某种触手可及的具象吗？而在他和她的物质性象征下，定然还隐伏着某种难以触及之物，那就是"他们自己"，被掩藏在声音容貌、姓名职业、人生境遇等层层面纱下，不见天日，最终变得朦朦胧胧，甚至连一闪而过的"自我"感知也沦于混沌。人的"自我"不止一种。同他共处时的"自我"，从来不是她独处时的"自我"；就连她追求一生的"独我"，也总在咫尺之处改头换面，逐渐消弭；她永远不可能将它逼进漆黑的旮旯，像夜贼那样把它狠狠抵在墙上，扼住它脆弱的喉头，逼出"自我"的核心，任凭其在死胡同里徒劳地东跑西窜，直至最终无路可逃。那些装饰她思维的言语，其实不过是另一种形式的伪装罢了，没有词语能够独立存在——如同一座石柱，或是一根树干——所有词语都必须抱团取暖，组成一串串纠缠的联想修辞；现实同样晦涩多样，似乎跟"自我"如出一辙。唯独在沉默的恍惚状态中才有可能实现真正的参悟；这是一种拥有"纯粹感觉"的超物质状态，在这种状态下，唯有指间的麻木和刺痛感能提醒肉身存在，于头脑中轻盈纷飞的仅仅是一连串没有名字、无关言语的图像。在她看来，这是一种最让她接近那份潜藏在心底的"自我"的状态，也是一种跟亨利毫无瓜葛的状态。那她之所以乐意接纳那份作为"次佳选择"的爱情，之所以甘愿拥抱那份使她苦痛不堪，让她错以为缔结了联系的爱情，难道就是因为这吗？

说到底，她是一名女性。纵使没能成为艺术家，但是否有可能在其他地方填补自己的心灵，获得成就感呢？世人普遍认为女子当辅佐伺候丈夫，可归根结底，这种观念当真言之有理吗？难道代代相传的就是"白"，个人的奋斗便是"黑"吗？她对亨利表面上的唯唯诺诺、千依百顺里，莫非就没有半点积极美丽、富于创造性的东西吗？她就不能像平常作一幅画那样，在她与他的关系这条紧绷的绳索上保持平衡吗？明明两者都摇摇欲坠，险象环生！莫非她和他在一起，就没法像辨别风月间的绀碧、蓝紫阴影那样，看清她人生的明暗色调跟灰度了吗？难道就这样把二者绑定在一起，强行赋予其价值，然后扭转成她眼中的美吗？这不正跟女性相得益彰吗？的确，只有女性能实现。这无疑是一份光荣，一项特权，不容小觑！对此，她作为女性频频点头称是，但在灵魂深处，她作为艺术家却在否定这个答案！

话说回来，那些秉持新教精神的女性不正是在欺骗世界，褫夺它最后的一丝魅力，剥夺它最后一点愚蠢又美好的幻象吗？这一次，她灵魂里的女性跟艺术家所见略同，一致肯定了这个答案。

这时，一对年轻的夫妻缓缓从她记忆里浮现出来。男人是巴黎大使馆秘书。她认得他们。那个时候，她每回以大使夫人的身份来访，皆是由这两位年轻人负责接待。他们总是恭恭敬敬，言行举止恰到好处。两个人对她都挺有好感，这点她心里清楚，但同时她又总觉得自己的来访是种叨扰。她看得出来，两人伉俪情深，恨不得时时刻刻厮守，对哪怕短短三十分钟都吝惜得要命，不愿叫旁人偷了去。好好的拜访弄成这样，令她苦恼不已，可在忧愁之余，她依然深深为两人所吸引，按捺不住想要靠近他们。这既是出于友情，也是因为她希望眼前这幅琴瑟和鸣的画面，能够逼着她直视埋藏在自己灵魂深处的那份苦痛。"神依照它自己的形象创造了男人女人。"每回离去，她老是这样自言自语；有时，她会感觉自己在同亨利的关系中站错了位置，人生的重压逼得她节节败退，万念俱灰，甚至想死的心都有。这并非一句空话，而是她的肺腑之言。毕竟她一向抱诚守真，厌烦谎言，受不了一丁点欺骗。那对年轻人虽然无趣，却有独属于他们自己的魅力。两人相处和谐，关系质朴而自然。有时候，她真希望她也能拥有一段这样的爱情。亚历克时常伫立在壁炉跟前，一面叮叮当当地把玩兜里的铜板，一面垂首凝望着安静蜷缩在沙发一隅的爱妻；而对于先生的一言一行，玛琪也向来毫无异议，总是欣然认同——这一切都让她艳羡不已；但与此同时，她也对这桩婚姻里极端的"男尊女卑"现象深感不悦，心里难受得就如同吞了一只苍蝇。

既然如此，那"真实"又在何方？在爱情的驱使下，亨利从她手里骗走了那原本由她选择的人生，同时又为她提供了另外一种丰富的生活，只要她喜欢，便可以接触更宽广的世界，不乐意的话，那就每天围着育婴室转，好好拉扯子女便是。她的丈夫一味追名逐利，毫无"人生"可言，作为父亲，他又只注重子女的潜力，而忽视了他们原本的"人生"——这所有叠加在一起，就是她的"人生"。在亨利看来，他所提供的这两种生活，不论哪种她都会乐在其中，甚至沉湎于其中一种不可自拔。他从没想过，也许她宁愿只做她自己。

就这样，她或多或少勉强接受了。她犹记得，她当初曾勉强接受过这样一种设想：她应该处身于子女们，特别是儿子们的人生中。仿佛自己的存在远没有他们重要，好像她仅仅是生育他们的载体，是他们脆弱的幼年时期的一片荫庇罢了。凯伊出生的那天，她至今记忆犹新。当时，她之所以想到"凯伊"这个名字，纯粹是因为分娩前，她正在读马洛礼（Malory）[1]的作品。在此之前，她的其他儿子都自动沿袭了祖辈的名字——赫伯特，查尔斯，罗伯特，威廉——但在五子降生之际，出于某种缘故，他破天荒地询问起她的意愿来，而在她提出"凯伊"这个名字时，亨利也没有

---

1 托马斯·马洛礼（1415或1418—1471），英国作家，代表作为《亚瑟王之死》，其中收录有亚瑟王圆桌骑士们的传奇故事，其中一名骑士便叫凯伊（Kay）。

异议，只是情绪颇佳地说了句"你开心就好"。她还记得，即便那时她身子尚有些发虚，心里却深切觉得亨利宽宏又慷慨。她垂首凝视着新生婴儿那皱巴巴、红扑扑的小脸蛋——虽然她已是六个孩子的母亲，对于这样的小脸儿早已习以为常——就在这时，她恍然意识到自己身负的责任：生下这个连取名都没法自己做主的小人儿，简直无异于放一艘战舰下水，只不过它并非寻常的炮塔、舱面跟枪火，而是不可思议的肉体与大脑组织。给一个小孩取名凯伊，究竟公平合理吗？毕竟起名字不啻打标签，冥冥之中会带给人无形且长久的压力。据说，名字影响着人的成长和发展。可不论怎样，有一点毋庸置疑，那就是凯伊长大后虽没变得多浪漫，人却也没变成他兄弟姐妹那副德行，甚至可以说是迥然不同。

　　而在她全部的孩子里，唯独凯伊跟伊迪丝身上还留有些许他们母亲的影子——凯伊整日沉迷于他的那堆星盘，伊迪丝则糊涂懵懂，总是竹篮打水，白忙一场。所有人里，唯有嘉莉最让母亲省心，毕竟少给人添麻烦是她一贯的做派，就连出生时也不例外。赫伯特作为长子，虽降生当日仪式盛大，场面热烈，可过程并不算顺利。威廉还是个小宝宝时便显露出冷酷苛刻、沉默寡言的本性，他时刻眨巴着一双贪婪的鼠目，每回吃奶都贪得无厌，好似决心榨干母亲的每一滴乳汁，将所有营养都据为己有；就像现在，他跟拉维妮娅这对"天作之合"亦是整日绞尽脑汁，想从当地的乳品店中捞尽好处。查尔斯自打呱呱坠地就哭闹不止，恰如今日般抱怨不已，两者唯一的区别，就是当时的他对英国陆军部尚一无所知。伊迪丝出生时没有呼吸，被拍打后才恢复正常；她的一生都很糟糕，晚年也没好到哪里去。可事实却是，能够做到跟母亲心有灵犀的，唯有凯伊和伊迪丝二人。其他人明明都是亨利的血脉，可亨利却把精力用错了地方。不过，在她的子女尚是襁褓中的婴孩时——那样小，那样脆弱，只能躺或趴着，必须小心撑着他们摇摇晃晃的小脑袋，才能安全扶他们坐起来——她试图补偿她被褫夺了的独立自主，于是不遗余力地瞻望起未来。届时，那随着脉搏骇人地一跳一跳的囟门应已完全闭合，他们的生命终于不再那样岌岌可危，惹人担忧；届时，即便奶妈不在，摇篮旁只有她一人，她也能从容弯腰观察，而不必再担惊受怕，唯恐他们倏然窒息了。她曾热切期待着有朝一日，他们可以形成自己独特的性格，不再一味听从父母，而是拥有自己的主见，能为自己做打算和规划。然而，即使在这方面，她也备受遏制，遭到了阻挠。那个时候，他们站在幼儿床边，低头看着床上小小的赫伯特，她不由感慨道："待这小家伙能从学校给咱们写信时，咱俩肯定得高兴坏喽。"这话显然触及了丈夫的逆鳞；那一瞬间，直觉告诉她：亨利现在非常不满。在他的观念里，女人就该希望自己的孩子永远弱小无助，坚决抗拒他们长大成人的那一天的到来；女人的思维就该是"襁褓＞罩衣＞儿童灯笼短裤＞长裤"。亨利对女性和母亲的理解，无疑充满男权色彩，并且在他的心里根深蒂固。他也暗暗为儿子们的成长感到骄傲，但即便如此，他依然反复告诉自己，截至目前，他们的一切都归母亲管理。于是，她理所当然地开始尝试接纳这一系列观念。就这样，家中的掌上明珠从两岁的赫伯特变成嘉莉，又从一岁的嘉莉变成查尔斯……毕竟在大家眼里，她最疼爱的始终都该是家里最小的宝宝。那才是她应有的表现。可这一切都不是真的。无论是子女的自我，还是亨利的自我，甚至她的自我，皆与她本人横亘着千里之遥——长久以来，她对此一直心知肚明。

那时候，总有一连串可怕而偏激的思绪不断萦绕在她的灵魂深处——"但愿我未曾步入婚姻殿堂……但愿我从未有过小孩"。然而，她又是那样深爱她的丈夫，爱得万箭攒心，痛不欲生；她又是那样疼爱她的小孩，爱到思想空虚，精神脆弱得摇摇欲坠。她会在脑海里酝酿对子女的看法，然后在与亨利独处时讲给他听。"赫伯特没准以后会当政治家呢。"她说，毕竟他十二岁的时候就会跟她打听有关当地政府的问题了。凯伊四岁时曾要她带自己去看泰姬陵。亨利对妻子宠溺有加，总是任凭她天马行空，尽情幻想，却没看出实则是她一直在纵容他。

可这一切同亨利的勃勃雄心相比都微不足道，而正是他的那份野心，把她推向了一条荆棘丛生的苦痛之路。亨利对世界的一切看法皆与她背道而驰。他们分别是实干家和梦想家，象征着思想观念上的两极分化，不同的是，亨利不必对他的信仰和理念讳莫如深，她却必须守口如瓶，以免自己的信念受到耻笑。可她又一次深陷在混沌之中。亨利终其一生都沉浸在那场恢宏伟大的博弈里不可自拔，偶尔，她也能感同身受，体味到其中的激情与兴奋。她脑中偶尔会闪现艺术家孤僻、专注、紧张而不失美好的生活——这辈子虽然没有机会当艺术家，但她的灵魂仍在可悲而激烈地追寻着这种人生理想。相较于帝国和政治事务的阳刚大气，以及男性间的明争暗斗和尔虞我诈，有时候，她的理想在她自己看来真是既贫瘠可怜，又自我中心，而且还脆弱易碎，不堪一击。总有某些时刻，她的理智和感情都在告诉她：亨利渴望的是"行动的一生"，而她则是"思考的一生"。他们二人，身处被对半割裂的两个世界。

每逢想到从今往后再无奇遇，

每逢想到其余的一切奇遇，

皆是为最终那场至高无上的死亡之旅铺路，

她心底便会油然升起某种崇高感，

觉得自己甩掉了油盐酱醋的生活，

逃离了那吹毛求疵、鸡蛋里挑骨头的人生。

我们的人生气息尚在，却已然殒亡；

只因生即死灭本身，解去小船的缆绳，

  踉跄着开启那人生旅程中，短促的首程。

——克里斯蒂娜·罗塞蒂

夏日已逝，十月天气渐寒。斯兰夫人禁不住凉，不再于花圃中久坐。为了能透透气，她只得踏出院门，就近遛个弯儿，身上全是热努塞给她的披风跟皮草，里三层外三层。这位忠诚的女佣总会尽心尽责地陪她走至前门，生怕女主人半道上悄悄把其中哪件扔在门厅。每回出门，热努都会麻利地翻箱倒柜，把衣服从里面一件接一件揪出来，给女主人换上。偶尔，斯兰夫人会出言反对："可是热努啊，你把我包得这样严实，会让我看起来像一大捆旧布头似的。"热努取出最后一件披风，紧紧裹住她的双肩，答道："夫人气质雍容，仪态万方，哪能跟旧布头沾上边儿。""你可否还有印象，热努，"斯兰夫人戴上手套，说道，"以往你老要我在出席晚宴时穿羊毛长袜[1]？"这话倒是不假。每逢天冷的时候，要想拿丝袜来搭女主人的晚宴服，热努都是百般不情愿；即便偶尔拿出来，那也是在女主人多番强烈抗议下，她迫不得已妥协的结果。与此同时，她还不忘取出羊毛长袜来，希望斯兰夫人穿在里面。"夫人啊，怎么就不行呢？"热努说，话里透着老到，"这样的天儿，女士们，甚至包括那些年轻的女孩们，大家都会换上厚度适宜的长裙，再搭一条及踝的小裙。脚踝暖和了，自然便不会感冒了！而您赶赴晚宴前，拼命想要脱掉的羊毛长袜，恰恰能保护您远离着凉伤风，更不用说夜间的气温原本就比较低。"在陪斯兰夫人下楼的时候，热努一直这样絮絮叨叨地说个没完。自打搬离埃尔姆公园花园，摆脱掉那群冷冰冰的、谨言慎行的英国家佣以后，她的话匣子终于彻底打开了。她在斯兰夫人身边转来转去，唠唠叨叨，一声声埋怨里满是爱与珍惜。"夫人从不懂

---

1 一种长筒袜，常用于保暖。

得怎样照顾自己。她真该好好听听老热努的话。十月初的寒凉是最伤身体的。人啊，往往一不留神就生病了。夫人眼下这般年纪，还如此随心所欲，实在是不该啊。""我还没死呢，热努，现在盖棺论定恐怕还为时尚早吧。"斯兰夫人这样说着，终于从她根深蒂固的英式思维中那份浓厚的悲观主义里解脱出来。

她小心地走下结满霜的台阶，步子战战兢兢的，生怕不慎滑倒。她心里清楚，热努会一直望着她渐行渐远，直至消失在视野的尽头才收回视线，所以一到拐角，她就会转过身来，朝这位忠实的老用人挥挥手，道个别。倘使她忘了，那绝对会让热努伤心透顶。但仅仅转过身来挥手致意，还不足以使她心满意足；唯有将这位里三层外三层、裹得厚厚实实的老太太重新迎回住所，热努才会彻底心满意足；她会接女主人进门，替她脱去沾满冰霜的靴子，递上室内便鞋，有时还会贴心地呈上一杯热腾腾的汤水，待帮她换下那一堆厚重的衣物后，便会识趣地退下，任她独自在起居室毕毕剥剥的炉火旁，尽情徜徉于书中的世界。热努这位老妇人，虽平日里满口格言警句，还喜欢大呼小叫，骨子里却是个乐天派，她行事老成，无论何时都处乱不惊，拥有一套话糙理不糙的底层智慧。(每回斯兰夫人向她挥手,她也同样会挥手道别,然后尽职尽责地目送女主人拐过街角,慢悠悠地走向西斯公园[1]。)眼下,她应该已经返回厨房,正在各类厨房用具间忙忙碌碌,其间还会时不时跟小猫聊聊天。斯兰夫人常听到她同猫讲话。"来呀,咱的小亲亲"——这是她最爱说的一句;"看呀,这顿美餐,都是你的喽"——这句用的是英语,因为在她的认知里,英国的动物只听得懂英文。有一回,她听见豺在谷尔-阿赫克周围吠叫,便对斯兰夫人说:"真有意思,夫人,听这叫声,立马就能知道这不是英国豺。"斯兰夫人迈着悠缓的步子,沿着山路慢慢向西斯公园攀行,路上不由感叹起来:哎呀,她跟热努现在的小日子,过得是多么平和舒适、放松享受啊;眼下,她们的生活清静安谧,关系也好得如蜜里调油,在感恩与忠诚的纽带下,她们不分彼此、相依为命。与此同时,二人也常常暗自忖度,到底谁会撇下谁,先一步去往那彼岸?而这般心思,更在无形中加深了两人的联系。她们的小家安定清宁,鲜有访客。偶有外人造访,在送走宾客、掩上院门的片刻,两位老人都不由

---

1 位于伦敦北部汉普斯特德,风景极其美丽。

长舒一口气，为不速之客的离去感到解脱。柴米油盐的人间烟火，四季三餐的日常生活，这就是她们所需要的全部——事实上，也是她们所能承载的全部。劳心费神，只会把两位老太太折腾得疲惫不堪。关于这点，二人始终对彼此讳莫如深。

幸运的是门庭清静，宾客稀少。斯兰夫人的儿女起先还出于义务，轮流来看望他们独居的母亲，不过其中大部分人话里话外都向她表示，大老远来一回汉普斯特德于他们而言实在是麻烦。见此，斯兰夫人顺水推舟，借机恳请他们给自己省省麻烦，不必再这样劳师动众前来探访。子女们大多借坡下驴，同意了母亲的要求。而斯兰夫人又是何等冰雪聪明，她完全能够想象得到，这些孩子为求心安会互相说出些什么话来："好啦，我们明明都叫妈妈跟咱一块儿住了……"一众子女里，唯独伊迪丝有意常来看望母亲，按照她的说法，就是希望多帮衬帮衬，出一份力。然而眼下，伊迪丝已经拥有了一套属于自己的公寓，生活得快活至极，她将心比心，自然明白母亲其实并不需要她的拜见或帮衬。至于凯伊，斯兰夫人已经有段时间没见着她的这位爱子了。上回来时，他窘得面红耳赤，讲话也吞吞吐吐，憋了许久才说他的某位友人老菲茨乔治想要跟着来拜访一下母亲。"我想想看哦，"凯伊一边说，一边捅了捅炉子，"他说他在印度见过您。""印度吗？"斯兰夫人茫然地说着，"这很有可能，亲爱的，但这个名字我实在没有印象了。毕竟那时宾客如云啊，你懂吧。一顿午宴，往往就有二十人出席呢。你觉得这事儿能推推吗，凯伊？我不愿表现得太过无礼，但不知怎的，眼下我就是提不起兴趣见生人。"

凯伊本来还一心想着问问母亲，菲茨声称见过摇篮里的自己那番话究竟是什么意思。事实上，他这回来汉普斯特德便是要决心解开这个谜题。不过见此情景，他只好三缄其口，把到嘴的话又咽回了肚子。

她同样不准曾孙、曾孙女们前来探望。孙子女不算在内，毕竟跟她离得不远不近，于她而言可有可无。至于那些曾孙辈，他们虽算不得可有可无，却可能打扰到她的清静，所以也被无情下了"禁令"。斯兰夫人始终恪守这一系列条条框框，从来不肯松口半分——有的时候，纵使是最温和顺从的人，某一天也会冷不丁较起劲来，脾气犟得十头牛都拉不回。所有人里，唯有巴克特罗夫先生是个例外。他定期造访，每个星期二都会来用茶。而她对他并不厌倦；两人会守在炉火两侧，在没有灯光的房间里坐上良久。其间，巴克特罗夫先生总是滔滔不绝，斯兰夫人则根据心情，时而侧耳倾听，时而心不在焉。

　　回忆间，老太太已不知不觉来到西斯公园。放眼望去，成片的棕色树木入视线，绵延着铺向深蓝的天边，美轮美奂，风月无边。斯兰夫人择了一张长凳坐下，稍作休憩。小男孩们在放风筝；只见他们扯着线跑过碧绿的草地，那风筝便似一只稚拙的鸟儿般凌空腾起，拖着迎风乱舞的尾巴，悠悠地翱翔在苍穹。见此，她的眼前不由浮现出往昔岁月里，那些放风筝的中国小男孩们的身影。长久以来，那些于异乡的过往，常常同她在英国的所见重叠交织，融合在一起，仿佛都近在眼前，触手可及。有的时候，她甚至怀疑自己是不是人老了，记忆发生了混乱。此时此刻的自己，究竟是在邻近北京的某处山坡上同亨利待在一起，任旁边的马夫牵着他们的马匹来回走动，跟两人保持着得体的距离，还是早已岁至垂暮，身着一袭黑衣，在汉普斯特德西斯公园的长凳上独坐，静静憩息养神？最终，伦敦成片的烟囱管帽稳住了她的心神。眼前这些身着破衫的小男孩，毫无疑问都是清一色的伦敦土著，而非那些远在天边穿蓝棉衣的小淘气鬼。此时此刻，她坐在硬邦邦的长凳上，哪怕只是轻微调整一下姿势，胳膊腿儿就会因风湿而隐隐作痛。她的身子，如今再也不似过去那般青春健康、活力四射、能同亨利策马慢跑在焦黑的山坡上。她以一种迟钝和摸索的方式，想要重拾当年身强体健的感觉，却发现这根本是白日做梦。恍然间，某种最直白真实的声音自她心底传来，宛似古老的韵律轻盈浮入回忆的边角，空虚又缥缈，难以捉摸。那声音能为她重现那份现实的感觉，却无法唤起这具迟钝苍老的躯体的任何回应。眼下她只得徒劳地自倾自诉，过去的岁月里，在夏季的清晨，她是如何刚从睡梦中醒来，便迫不及待地从床榻间跳起来，跑到户外呼吸新鲜空气，释放那过于充沛的精力。曾经，她每日都千盼万盼，等待漫长的公务告一段落，在黑暗中投入亨利温暖的怀抱。如今她费尽心思，想重新激活那颗翘首以待的殷切的心，终也徒劳无果，只剩下些空落落的言语，毫无真切可言。而眼下，唯有她同热努的平凡日常，唯有那些鸡毛蒜皮、柴米油盐才算得上真切，譬如后门商贩的铃响、穆迪书店送来的邮包（里面装满了墨香四溢的书本），以及每个星期二巴克特罗夫先生来喝茶时，商量茶点到底买松饼还是煎饼好；再比如得知嘉莉即将登门造访，由此萌生的忐忑情绪，还有日益增多的小病小痛，她简直要跟这些玩意儿产生感情了。她的这副躯体，实际上早已是与她同甘共苦的伙伴，既是她永远的依赖，又需要她时刻牵挂；哪里有什么小毛病，唯有身体的主人才知道。这些小病小痛，在一个人的青年时代尚且无足轻重，可一到迟暮之年，便瞬间成为身体的主宰，将长期以来预示的"暴政"全部付诸实践。尽管如此，这种"暴政"却蛮讨人欢喜，而且还相当有趣。蓦地，她感到腰间隐隐作痛，只得小心翼翼地站起身来。这不由让她忆起在奈尔维扭伤了背的那天，自那以后，她的背就一直不太好了。除此之外，她深知她的牙也有些小毛病，因此进食时总是慎之又慎，仅用一侧牙齿咀嚼。这时，她左手中指条件反射地弯了弯，想缓解一下神经炎引起的刺痛。热努也因为有个脚指甲长进了肉里，所以每回都揣着万分的小心来使用鞋拔，方能顺利穿上鞋子。一上年纪，身体的各个部位便都染上了强烈的"个人化"色彩——我的老背，我的老牙，我的老指头。我的老脚指头。每次她跌回椅子后蓦然惊叫出声，那尖叫背后的含义，也唯有热努心知肚明。又是热努。她们两人是如此冷暖相知，相互之间的维系日渐紧密，甚至达到情人间独有的"身心相知"的程度。就是这样的点点滴滴和细枝末节组成了她现今人生的全部：同热努交流，关切自己每况愈下的身体，每个星期接待彬彬有礼、前来拜访的巴克特罗夫先生，以及冷冽的早晨在西斯公园快活地观看小男孩们放风筝；其中甚至包括担心在结冰的门阶上滑倒，毕竟她心里很清楚，人一上年纪，骨头就容易变脆。一切细微的事物，哪怕渺小如沧海之粟，唯有在宽阔的幕布——死亡的幕布下方显高贵。某些意大利画作中涂绘的树木——白杨、垂柳、桤木——上面的叶子轮廓了然，片片分明，脉络清晰可见，在苍蓝色的天穹下显得尤为醒目。如今，她生活里那些细微的事物，好比那些形状秀丽的叶片，因背后那光明的、永恒的天穹的映衬，而不再渺小，不再微不足道。

每逢想到从今往后再无奇遇，每逢想到其余的一切奇遇，皆是为最终那场至高无上的死亡之旅铺路，她心底便会油然升起某种崇高感，觉得自己甩掉了油盐酱醋的生活，逃离了那吹毛求疵、鸡蛋里挑骨头的人生。

可她算错了，她忘了直至最后一秒，生活里都会充满惊奇，而且层出不穷。那日午后，她返回家中，看到门厅的桌上赫然搁着一只怪里怪气的方帽。是男人戴的帽子。热努兴奋得不得了，见她回来，立刻迎上前小声招呼她："夫人！有位先生……我告诉他夫人您有事外出，不在家里。可那位先生死活不听……他现在就在休息大厅等着您呢。要给他上茶吗？——夫人最好脱下鞋子，省得湿透喽。"

斯兰夫人跟菲茨乔治先生，两人的脑海里都不约而同地浮现出当初跟彼此会面时的情景。他本巴望着凯伊领他去见夫人，奈何等候良久都杳无音信，于是决定自作主张，只身前来拜访一下这位难见的女士。他纵使身家百万，却依旧锱铢必较。他选择搭乘地铁前往汉普斯特德，然后再从地铁站走去斯兰夫人的住所。抵达后，他在门前驻足打量，用那双鉴赏家的睛瞳仔细欣赏着这栋庄重大气的乔治王朝风格建筑。"呀，"他满意地说，"女主人够有品位。"可很快，他便发现下此结论为时尚早——在不顾热努的抗议，硬生生挤进门厅以后，他就发觉斯兰夫人其实一点品位都没有。这反倒让他感到一股莫名的喜悦。热努无奈地将他领进一间简单舒适的房间。"铺着印花布的靠椅，灯光的布局也相当完美。"他一边在屋内随处走动，一边嘀嘀咕咕地说个不停。想到即将同斯兰夫人久别重逢，他就激动得难以自持。可当斯兰夫人回来的时候，很显然对这位老绅士一丁点印象都没有了。她彬彬有礼地朝他致意，一言一行仿佛又带上了昔日总督夫人的影子；她为自己的姗姗来迟向他道歉，请他就座，说茶水马上就来，还表示曾从凯伊那里听闻过他的大名。但对于这位先生此番前来究竟有何贵干，她明显是一头雾水。也许是希望为亡夫写传，描述他的生平事迹？她在心底暗暗琢磨。就在这时，菲茨乔治先生好像听见她心声似的冷不丁尖笑起来，更让斯兰夫人如堕雾里。五十多年前，在加尔各答，让他感兴趣的其实并非总督，而是总督夫人，这件事他眼下实在难以启齿。

　　然而最终，他还是不得不开了口，解释称在年轻的时候，他曾带着介绍信去过总督府，并受邀参加了那里的一场晚宴，其实就是走走过场。尽管如此，菲茨乔治先生丝毫不露窘态，自始至终从容不迫；每逢应对这种局面，他都能不受外界干扰，保持着淡然的态度。他就这样毫无隐瞒地将自己当年的情况和盘托出。"您瞧瞧，"他说，"那时我年纪轻轻，籍籍无名，连自己父亲姓甚名谁都不知道。他留给我一大笔财产，盼望我有朝一日可以走遍五湖四海。这等好事，我求之不得，毕竟这也是我本人的愿望，梦想成真，自然令人喜出望外。至于那些事务律师，他们同时也是我的监护人，"他干巴巴地补充道，"我能这样爽快利落地顺从父亲意愿，遵照遗嘱行事，他们自然对此赞赏有加。林肯律师学院里那些腐朽昏聩的老家伙们啊，在他们看来，一个年轻人愿意遵从父亲的意思，离开伦敦前往远东地区，那的确算得上名副其实的大孝子啦。我猜啊，他们肯定认为，沙夫茨伯里大街的剧院后台入口，都要比广州的交易市集有魅力得多。唔，他们可是大错特错喽。要知道，斯兰夫人，我目前收藏的宝贝，有一半都是在六十年前的那场环球旅行中淘来的。"

很明显，他的那些宝贝，斯兰夫人从未听说过。由于所知甚少，因而也难以置评。此时此刻，他喜滋滋的，心情就像刚刚发觉她是个没品位的女人时那样快乐不已。

"好极啦，斯兰夫人！不论价值还是名气，我想我的那些珍宝，都是尤莫菲帕勒斯（Eumorphopoulos）[1]藏品的两倍——但我得补充一句，我当初的入手价，可仅仅是这些宝物现今价值的百分之一哦。而且我跟大部分专家不同，我的双眸永远没有忽视过美。无论奇珍异宝，抑或古玩，于我而言远远不够。在我眼里，美不可或缺，退一万步讲，至少也得匠心独运、巧夺天工。而现实证明，我的观点完全正确。眼下，我收

1　即乔治·尤莫菲帕勒斯（1863—1939），著名中国艺术收藏家。

藏的每件宝贝，各家博物馆都虎视眈眈，并且不惜为此奉上他们最棒的展示柜。"

斯兰夫人对这些事一窍不通，只是这番天真幼稚的自吹自擂实在让她感到好笑，于是不断地怂恿他继续。这位单纯无邪的老收藏家，这位美的搜集者，此前倏然闯进她的家里，眼下正坐在炉火旁夸夸其谈，至于加尔各答的晚宴，跟凯伊的深厚友谊，菲茨乔治先生已统统抛诸脑后。单单这两点，便足以向女主人解释他今日缘何会不期而至。其实自打一开始，她就感到这位老绅士身上有股超然绝俗、遗世独立的魅力。他的双亲身份不明，名字亦不够正统，但他就是他自己，纯粹又简单——这一切，在她眼里都闪耀着某种非凡、令人兴奋的独特魅力。在这一生中，她已然受够了那些凭借世俗身份四处横行无忌的家伙。菲茨乔治先生从来没有过这样的待遇，就算家财万贯也无济于事，毕竟面对他吝啬鬼的恶名，哪怕最乐观、最满怀希冀的谋利之士也会败兴而归。不过，同样是锱铢必较、爱财如命，斯兰夫人对这位不速之客却并不反感，不像对亲儿子威廉那样，这倒是有些不可思议。威廉跟拉维妮娅的小气，是一种遮遮掩掩的贪婪。他们生性吝啬，永远控制不住自己的抠搜——她犹记得，过去两人订婚的时候，她就一眼看出，在抠门上，二人绝对是一丘之貉，这也是他们互相看对眼的真正原因——然而，两人表面上还假装清高，毫无坦率可言。而菲茨乔治先生，对于自己的这个毛病，则是乐在其中，并且大大方方、坦然处之。斯兰夫人欣赏勇于直面自身恶癖的人，鄙视一切虚伪的掩饰。所以当菲茨乔治先生告诉她，他讨厌破费，唯有在极具诱惑的美面前才愿解囊，唯有经过一番讨价还价淘到物超所值的宝贝方能让他聊以自慰时，她不禁会意地哈哈大笑起来，并向他直抒敬意。炉火的另一边，菲茨乔治先生静静地望着她。她注意到他的大衣破破烂烂的。"我有印象，"他开口道，"当年在加尔各答的时候，您也笑过我呢。"

加尔各答的很多事情，好像都深深地烙在他心底。"斯兰夫人啊，"当她一再追问他记性缘何这样好时，菲茨乔治先生避而不答，"您还没有注意到吗？年轻时经历的事情，会随着年龄增长而越发历历在目的。"那个不起眼的"还"字让她再度忍俊不禁：他这是在以一个绅士的身份，假意恭维一个女人，让她误以为自己还红颜未老呢。现今，她虽然已是八十八岁高龄，可异性间的特殊情愫仍似一条蝙蝠蛇般紧密盘绕在他们之间。上回这般小鹿撞心，早已是陈年往事；此时，它犹如一场意外的复燃，一道乍现的灵光，一声分别时的美好祝福，以不可思议的力量翻搅着她的心海，灵魂深处，某种韵律渺茫的回音也随之从沉眠中苏醒。在过去的日子，她是否真的见过菲茨乔治？还是说，仅仅是他身上那种老派的骑士风度，使她回忆起曾经受万千异性倾慕的时光？不论前者还是后者，他的出现都让她忐忑不安，虽然她不得不承认，心海泛起的这一丝淡淡的涟漪，着实令自己欣喜若狂。那个时候，他望着她，眼神仿佛在说，只消她愿意，他可以向她交代一切。他离开后，她在炉火旁坐了一夜，凝望着毕毕剥剥燃烧的火苗，一动不动。书本搁在一旁，无人理会。她思潮起伏，竭力追忆，想要攫住某些看似近在眼前，实则远在天边的东西。恍惚间，似乎有什么撞到了她，仿佛钟槌敲在了废弃尖塔里某口破旧的老钟上一样。空谷里依然一片寂静，尖塔里却轰鸣震颤，惊得巢中的欧椋鸟焦躁不安，悬垂的蛛网也一并簌簌晃荡。

翌日清早，回想昨夜的心境，斯兰夫人不禁冷笑出声。真是奇怪，她到底在感伤个什么劲啊？整整一百二十分钟，她都跟个小姑娘似的胡思乱想！这全是菲茨乔治的错，谁叫他就那样闯进她的宅院，旁若无人地坐在她的炉火边，好像一切都是天经地义；谁叫他重提过往旧事，其间还转弯抹角地挪揄她犹似昔日的总督夫人那般青春端庄；谁叫他那样深深凝视，仿佛欲说还休；谁叫他偶尔嘲弄，偶尔殷勤，满眼皆是恋慕，还有那暗暗藏起的感动。他的表面功夫没能瞒天过海。她看得出来，此番拜访定然对他意义重大。她不晓得他是否还会再来。

热努问，若是那位先生再来，要放他进门吗？下回她绝对会做好应付他的准备；先前，他就那样径直走进门厅，把那只滑稽的小帽搁在桌上，对她视而不见，仿佛她是一张昨天的报纸似的。"呀，我的老天爷，夫人，那是多可笑的一顶帽子啊！"她两手来回揉搓着大腿，乐不可支地蜷成了一团。但凡有什么事让她觉得滑稽，她都会毫无保留、全身心地去享受这份乐趣。斯兰夫人就爱热努这点，于是也莞尔一笑，以示回应。谈笑间，热努问道："他到底从哪里搞到这种帽子的？我从没见哪家店铺卖这种款式。是特意为自个儿量身定制的吗？还有那副厚手套——夫人见过没？那满满的方格图案哟，活像给种马场的马夫戴的。"最后，热努颇有见地地总结道，"真是个古怪的人啊。"但她不像那些英国用人，冷嘲热讽于她而言还远远不够。热努希望能多了解他一些。她说，一位老先生，终日形单影只，这是何等悲惨啊！他没结过婚吗？反正看着不像娶过老婆的。她跟着斯兰夫人走来走去，心急如焚，渴望获取某些连女主人都无法提供的信息。热努说他很会泡茶；当时她见他的大衣破破烂烂，还以为这位老人一贫如洗：“我一路狂奔，追到街角，想逮住这卖米糕的！”但当斯兰夫人淡然地表示，菲茨乔治先生应该是位腰缠万贯的大富豪时，她的沮丧之情溢于言表：“大富豪！却打扮成这副模样！”这件事压在热努心底，让她如何都放不下。撇去这些不谈，以后该如何是好？她问。下回他再来造访，她究竟要不要请他进门？

斯兰夫人表示，她觉得菲茨乔治先生不会再来了。与此同时，她意识到自己说了假话，毕竟他离开时还拉着她的手，请求她准许他下回再登门造访。她缘何要骗热努？“行，到时候让他进门就好。”她一边说，一边朝起居室走去。

巴克特罗夫先生，戈舍兰先生，菲茨乔治先生，现在已经有三位老先生走进了她的生活。中介，工匠，鉴赏家，多好玩的三人组啊！他们皆是垂暮之人，既古怪又天真。说来也奇怪，当她的日常活动、她的儿女，还有亨利慢慢离她远去，当她的整段人生一点一滴消逝在身后，在这日薄西山之际，她的生命里却遽然涌入这样多有趣的灵魂，日子宛似焕然一新，这令她何等心满意足，又何等快乐不已！她相信，是她一手造就了这崭新的生活，只是自己是如何造就这一切的，尚不得而知。"大概啊，"她放声说道，"人生走到末途，美梦便会成真吧。"她取下一本旧书，随手翻开一页，念道：

停息吧，诅咒，停歇吧，那龇齿弹舌，

停息吧，炫耀，停歇吧，那虚荣之心，

停息吧，憎恶，停歇吧，那亵渎之舌，

停息吧，怨恨，停歇吧，那垂涎之心，

停息吧，怒火，停歇吧，那淫荡之心，

停息吧，诡计，停歇吧，那蒙骗之舌，

停歇吧，那毁谤中伤的妄口巴舌。

她看了看日期——1493年？没想到，那时竟然就有人说出她心底的渴望，当真让人惊叹。

她将目光移至下段诗节，继续念起来：

逃离吧，让那脆弱的虚像，让那浮躁、污秽和残暴走远，

逃离吧，别让那会带来灾祸的、花言巧语的马屁精近身，

逃离吧，让那光鲜的伪装，让那谎言和无稽之谈走远，

逃离吧，别让那充满不忠和虚伪的社交近身，

逃离吧，别让那狂乱又顽梗的打击近身，

逃离吧，同那愚者的谬论，同白日梦永别，

逃离吧，同那放肆的胡说，同巧言令色永别。

她每项都逃离了，除了白日梦；那三位老先生就是她的白日梦——也许是白日美梦，她微笑着纠正自己。而那炫耀、虚荣之心跟毁谤中伤的妄口巴舌，现在也绝不会踏过她的门槛半步，除非嘉莉乘着一阵凛冽的狂风把它们带进来。突然间，她发觉自己就这样欣然接受了菲茨乔治先生，还如此爽快地把他加入了知己之列，这一系列行为着实有些欠妥：除却临别时说了句客套话以外，她凭什么认定他还会再来？

他果真再度登门拜访。她听到老用人在门厅热情迎接他，那阵势，仿佛来的是哪位交情笃深的故知似的。"对的，夫人她在。""没错，夫人说过她随时都乐意接待阁下。"斯兰夫人侧耳倾听，心里暗暗希望

热努不要这样太过热情，毕竟她代表的是自己。就在此时，她忽然动摇起来，拿不准自己是否愿意接受菲茨乔治先生的造访，任由他扰乱自己的清静。她得让凯伊帮她露露口风才行。

　　与此同时，她仍旧穿着那件质地柔软、玄黑如玉的裙装，优雅地站起身，向他伸出手来，脸上带着他记忆里那抹浅浅的笑意。她有什么道理将人家拒之门外呢？再怎么说，他们都已经是行将就木之人，对年龄格外在意。有时候，他们恨不得像两只猫咪那样围炉烤火，一面谈天说地，闲聊解闷，一面伸手取暖，任凭那桃粉色的幽幽火光溢透指间。这辈子，斯兰夫人始终留给旁人这样的一种印象。在她跟前，他们能够随心所欲，是畅所欲言，还是保持沉默，完全听凭他们自己的意愿。这也是亨利·霍兰德最终决定同她缔结姻缘的原因之一。她生性恬淡，他人若是喜静，她亦能感同身受。亨利过去曾表示，沉静而不沉闷的女子寥寥无几，开口就让人开心的更是凤毛麟角；他纵然流连于万花丛间，却未曾倾慕过一片一叶；这一生，他亨利·霍兰德唯一瞧得上的女人，就是他的结发妻子。菲茨乔治是何等精明，早在加尔各答就已察觉出眉目。天晓得，那时总督身边美女如云。她们清一色明媚热辣，也清一色为他的殷勤所蛊惑，深深以为他眼里只有自己，以为他仅独宠自己一人，殊不知总督大人其实对谁都是如此。

感谢老天爷收走她的鉴赏能力，菲茨乔治先生在心里默默嘀咕道。对于那些有点儿品位就自以为是，自认为能跟他这位鉴赏家惺惺相惜的女人，他总是深恶痛绝。要知道，"装潢"与"真美"毫无瓜葛，完全是两码事。那些"品位高雅"的女性，她们的居室装修虽然精巧美观，但与他的艺术作品迥然不同，俨然是两个世界。他用温情脉脉的目光凝视着斯兰夫人屋里桃色的灯具，还有那张土耳其小地毯。只消落目于她，便可满足灵魂深处对美的渴求。面前这位苍老的美人儿，宛如一座精美绝伦的象牙雕刻；她的体态修长纤细，四肢轻灵柔美、线条流畅，坐在椅中，犹如一股清澈的水流荡漾而下；她的面容，还有那一头白若霜雪的银丝，在火光映照下都泛着淡淡的蔷薇红。暮年的容颜，有一种青春无可比拟的昳丽；而年轻的脸蛋，无非一张空落落的白纸。年轻人永远无法像这样冥然兀坐，身心俱静，仿佛一切的匆忙跟动荡皆已过去，剩下的唯有翘首等候和甘心接受。他很高兴未曾遇见过中年时的她，这样一来，他便能好好留存记忆深处那道热情明艳的身影。而时至今日，伴随着这位迟暮之人再度款款走进他的视线，那段印象终于画上了完满的句点。自始至终都是同一位女子，至于中间发生过什么，他全然不知。

恍惚间，他发觉自己就这样默默无言了整整五分钟。斯兰夫人看样子也早已把他抛诸脑后。她并没有睡着，她正静静凝视着熊熊燃烧的炉火，双脚搁在炉围上，两只手如素日般随意平放着。她居然就这样轻易接受了自己，仿佛理所当然，这着实出乎他的意料。他心想：我们都垂垂老矣，感知能力也有所减弱，在她看来，我坐在这里天经地义，就像我已经认识了她一辈子似的。"斯兰夫人，"他听见自己大声说，"想必您这总督夫人当得不太快活吧？"

他的声音总是那样刺耳，语气透着一股浓浓的嘲笑意味。纵然在她跟前，他也完全不打算收敛半分。他对人总是鄙夷不屑，张口闭口冷嘲热讽，话里话外无不透着股尖酸刻薄劲儿。他没什么朋友，除了凯伊。然而，就算面对这唯一的好友，他也常常出言不逊，鲜少好言好语。

斯兰夫人闻听此言，心底对亡夫的忠贞之火瞬间重燃，她不由自主地绷直了身体。"即使是总督夫人，当起来也让人受益匪浅呢，菲茨乔治先生。"

"对您这样的人可不是。不知您是否晓得，"菲茨乔治先生探过身来，执拗地说，"每回看到您困在那群戏子之间无法脱身，我的心里都好难过。您那样忍气吞声，身不由己，所有该做的您都做了——噢，这是何等令人钦佩！——可一直以来，您都在否定那个最原本、最真实的自己啊。我还有印象，当年那场晚宴开始前，在等候您跟斯兰勋爵的时候，大伙乌泱泱地聚在一间宽敞的大客厅里——我敢说得有三十人——全都戴着珠宝首饰，着装大同小异，全站在一张大大的地毯上面，看上去多少有点傻乎乎的。我还记得有盏点满蜡烛的巨大的枝形吊灯，每逢楼上有人走过就会发出清脆的轻响。每回我都在想，那经过的人会是您吗？在这之后，一扇巨大的折门缓缓打开，您和总督走了进来。在场的所有女性都行了屈膝礼。晚宴结束后，两位便同大家嘘寒问暖，跟每位宾客叙些应酬话。当时，您一袭白衣，发间佩饰着钻石，询问我是否愿意去打猎。想必您是觉得，但凡一个男子年轻富裕，跟他说这些就准没错，却未曾料想，其实我是万分厌恶杀生的。我拒绝了，我热爱的不过是环游天下，走遍天南海北而已。您彬彬有礼地微微一笑，但我觉得您并未认真听我回答。您脑海中恐怕正在酝酿对下位宾客要讲的话。结果不出所料,无论您如何精心揣摩,言辞却依然难合对方脾胃。最终,提议我伴游的并非您,而是总督大人。"

"伴游?"斯兰夫人闻言一脸诧异。

"夫人您知道的吧?总督他提建议的时候,言语和态度永远是那样随和友善,那样平易近人。不过多数时候,双方都心照不宣,那只是他的客套而已。而总督他也从不指望对方会把他的话当真。人们只需深鞠一躬,口中说着'非常感谢,荣幸之至'便可皆大欢喜,自此之后,绝口不提。就好比,他大概会这样说——中国?没错,下个星期我要前往中国,那是一个很有趣的国度,你该随我一道同行。可倘若有人对他的话信以为真,那绝对会让他大吃一惊的。我敢说,凭总督大人的举止风度,凭他那无懈可击的交际手腕,必然能够不动声色,轻易掩饰好这份愕然,而不露丁点蛛丝马迹。哦,斯兰夫人,我所言可属实啊?"

未待她回应,他便自顾自继续说了下去:"唯独这回,真有人信了他的话。就是我。那时他是这样说的,你喜爱钻研古物,菲茨乔治——其实他并不太懂'喜爱钻研古物'具体是什么意思——既然喜爱钻研古物，他说，那也就没什么急着要做的事，何不跟我们同行，一起去法塔赫布尔·西格里看看呢？"

听到这里，斯兰夫人心底那团迷雾遽然散去，思绪终于变得清晰起来，脑海里那朦胧渺茫的音符也重新组成了曲调。恍惚间，她仿佛再度回到那座荒弃的印度空城，伫立在露天平台上，凝眸远眺通向阿格拉的路途。目之所及，尘土飞扬，一片红铜色。她双臂搭在热烘烘的栏杆上，有些不自在地缓缓旋转着她的遮阳伞。那个时候，她同她身旁的年轻人就这样默然站了良久，仿佛遗世独立，摆脱了尘间的一切纷扰。总督离他们很远，正在一群官员的陪同下视察珠母清真寺。那些人都身穿白制服，佩戴着太阳头盔；他拿起手杖指了指，表示应该把斑鸠从屋檐下尽数逐走。见状，她身旁的年轻人静静说道，整座城市都被人类弃如敝屣，如今落到斑鸠们手里又有何妨？何苦难为这些可怜的鸟儿呢？忽然间，成群玉绿色的长尾小鹦鹉划过两人的头顶。它们不停啁啾鸣啭，轻盈优美地在空中飞舞。见此情景，他继续道，不单斑鸠，猴子们、鹦哥们也都是这座城池的继承者。就在这时，鸟群环绕一圈，再度从他们上方的天穹掠过，宛若一场绿宝石风暴刮过诗人的屋宇，他不由昂起脑袋，纵情感叹道：看看鸟儿青翠欲滴的翎羽，跟那淡红色的墙壁是何等交相辉映啊。一眼望去，所见皆是错落有致的清真寺、宫殿与宅第，而栖息其间的也唯有飞禽走兽。他接着说，这座废弃的旧城，着实弥漫着一股独特的气息呢。他表示，他多么想亲眼看见猛虎沿着阿克巴（Akbar）[1]的台阶拾级而上，蝙蝠蛇在议事厅灵巧地蜷成一团。在他看来，穿靴戴帽的人类，远不如那些鸟兽与这座赤色的都邑更相得益彰。在此期间，斯兰夫人一直竖着耳朵留意着总督一行人的动静。这时，她对他天马行空的想象报以嫣然一笑，还称菲茨乔治先生是个名副其实的浪漫主义者。

现在，"菲茨乔治"这一名字总算从她的记忆里缓缓显现。这辈子听过的名字成千上万，即便忘却这一个，也丝毫不值得大惊小怪。而如今，这个名字重新从她的脑海中浮出，随之一同涌现的，还有她揶揄他的时候，对方投来的那道目光。那不只是一道简单的目光，更是他擦出的一股火花。那一瞬间，他深深凝视着她的双眸，用眼神暗暗诉说着他没有胆量，或者没有意愿张口道出的一切。她顿觉自己在他面前无所

1　阿克巴（1542—1605），印度莫卧儿帝国皇帝。

遁形，仿佛由内而外皆被对方看透。

"是的，"在汉普斯特德的宅子里，他隔着雀跃的炉火望着她，说道，"您那时所言极是，我的确是个名副其实的浪漫主义者。"

他竟与她心有灵犀，不仅深陷同一段回忆，甚至就这样毫不讳言，直接脱口而出，这不由让斯兰夫人大吃一惊；所以说，那股火花对他们两人都具有同等意义，并且也同等灼烫炽烈吗？她未曾意识到，埋藏在那朵火花之下的深意，曾那般狠狠折磨着她的灵魂，一度令她心烦意乱、寝食难安，对于那段苦痛的岁月，她实在羞于启齿。她对亨利的忠贞坚若金石；菲茨乔治这位年轻的天涯浪子，她明明连姓名都未曾记住，可自从他离开以后，她便感觉好似有人在她心底最深、最隐蔽的地方引爆了一包炸药。有人单靠一道目光，就轻易发掘出一条隐藏的秘径，直通内心深处那所她不愿让任何人，甚至包括她自己窥察的房间。他竟敢这样厚颜无耻地伺探她的魂灵。

"这有点古怪，不是吗？"他依旧凝望着她，说道。

"您在阿格拉离开我们之后，"斯兰夫人不想承认他曾让她心乱如麻的事实，故作镇定地问道，"又去做了什么呢？"

"我上克什米尔去啦，"菲茨乔治先生一面述说，一面将身体往后靠在椅背上，双手指尖相抵，"我乘房船逆流而上，在河上待了两个星期。我每日都有大把的时间沉思默想。在欣赏湖中粉嫩的芙蕖之时，恍然间，一位身着白裙、正值韶华的女子款款走入我的脑海，她纵然忠实顺从、深谙世故，本质上却狂放不羁、充满激情。我曾自以为有那么一瞬间，自己几乎就要触碰到她的灵魂；可我也记得，不过短短对视了一眼，她就毅然转过身去，慢悠悠地走回她丈夫身边去了。可我却永远都无法知晓，她这么做究竟是因心怀忌惮，还是有意责备。大概二者皆有吧。"

"假使她真的心怀忌惮，"斯兰夫人说，"忌惮的也并非您，而是她本人。"此话一出，无疑让对方，甚至连她自己都大吃一惊。

"我还没那么自以为是，认为您是在忌惮我，"菲茨乔治先生继续说，"即便那个时候，我也是很有自知之明的。我心里清楚，在女性面前，特别是在您这样风华正茂、出类拔萃的女性面前，我毫无魅力可言，也不奢求有什么魅力。"他瞵着她，明明一副滑稽可笑的古板面孔，眼神里却写满与之不符的放肆跟挑战的意味。

斯兰夫人看出老绅士的自尊心在滴血，于是决定尊重他的这份小情绪，于是答道："这就对了，您没必要奢求。"

"没错，"闻言，菲茨乔治先生心中宽慰不少，"我的确不必。可是，您要明白，"说到这里，他仿佛被某些回忆刺痛，语气陡然坦诚起来，"在法塔赫布尔·西格里的时候，我对您一见倾心。您是我今生第一位，也是最后一位爱上的女性。我觉得，我恐怕是在加尔各答那场荒唐的晚宴坠入爱河的。不然，我也断然不会前往法塔赫布尔·西格里。我是特地去的。在此之前，我可从没为谁额外费过心，不论男性、女性还是小孩。斯兰夫人，希望您搞清楚，从本质上讲，我其实是个十足的利己主义者。长久以来，唯有在艺术作品上面，我才甘愿多费工夫。离开克什米尔以后，我又前往中国。那里的艺术品琳琅满目，我沉醉其间，无可自拔，几乎顷刻就将您忘在了九霄云外。"

面对这番唐突无礼，又愚蠢至极的爱情告白，斯兰夫人心里不由五味杂陈。刹那间，不仅她对亡夫的忠贞受到触犯，安宁如水的晚年被搅得一团混乱，青春时代的种种茫然与困惑也随之死灰复燃。此时此刻，她无疑惊喜大过惊吓。而今她岁至迟暮，本来整日沉湎于往昔的回忆，只待有朝一日，死神将她带离这凡尘俗世。而眼下发生的一切，着实是她万万没想到的。就好像他存心使坏，故意走进她的生活，把她安定的心境搅个天翻地覆似的。

"但就算在中国，"菲茨乔治先生接着说，"我仍会时不时想起您跟斯兰勋爵来。您二位在我眼里着实'搭配不当'。就像大伙老说饼干'搭配不当'一样。每逢看到饼干，人们准会说'这搞错了吧'。这并非说您不够称职。相反，您的丈夫表现太过出色，这反倒勾起了我的疑心。好个华而不实、阴险狡诈的笑面虎、大骗子！倘使当初没跟他步入婚姻殿堂，您会怎样度过这一生呢，斯兰夫人？"

"您说'大骗子'，菲茨乔治先生？"

"哎呀，不对，当然不能这样以偏概全，"菲茨乔治先生解释道，"情况其实截然相反。他在五年的首相任期内倒是没有出现什么重大失误，帮助英国挺过了那段据说非常艰难的岁月。当然了，顺带一提，其实几乎所有岁月都很艰难啦。也没准是我对他判断失误了。可他并不完美，这点您也承认吧？斯兰勋爵是我历来见过的最迷人出众的男子。可魅力这种东西，在一定范围内多多益善，一旦越界了，会过犹不及。但凡明理之人都懂得切莫越界。勋爵他却走得太远了。他完美得不像真的。想必夫人您过去也常为勋爵的魅力所苦吧？"

突然被这么一问，斯兰夫人险些就一不留神如实交代了。菲茨乔治先生好像真的很在意这件事。记忆中，亨利也时常眉宇微蹙，饶有兴致地思量些原本不会引起他分毫兴趣的"人的问题"。在他的生命里，与人有关的一切都无足轻重；在他的灵魂深处，唯有那颗冷酷无情、嘲笑着一切的野心在蓬勃跳动。亨利是这样，菲茨乔治先生也未必有什么不同。一个政治家，一个鉴赏家；她不愿被人反复审视检查，就好像她是一幅唐朝画像，最后还很可能被鉴定为赝品似的。观察亨利让她学到了良多，而且终生难忘。爱上这样一个魅力四射，却又虚伪狡诈、心狠手辣的男人，并与之同床共枕、朝夕相对，这是何等恐怖，又何等糟糕！她蓦然意识到，这个男人其实骨子里有着深厚的男权意识。他纵使举止优雅、风度翩翩，但根深蒂固的男权主义思想才是构成他性格的核心。他表面上傲世轻物，内里却依旧庸俗不堪。

"我本应当个画家的。"斯兰夫人说，作为对先前那道问题的回答。

"呀！"菲茨乔治先生大大地松了一口气，仿佛终于得偿所愿，"感谢告知。那样我就有了答案。这么说，您本来有做艺术家的潜质，是不是？只因这副女儿身，您美好的愿景便化为泡影了。我算是弄懂了。现在我终于理解，为何有的时候，您沉静的面容总会蒙着一层悲惨的阴影。我还有印象，当初我凝视您时就在想，眼前这位可怜的女子，她的心儿已然碎成一瓣一瓣。"

"我亲爱的菲茨乔治先生哟！"斯兰夫人不禁叫道，"说真的，别把我的一生描绘成一出多灾多难的惨剧！有身份，有地位，生活富足，膝下有儿女，身畔有心爱的夫君——这世上的大部分女性，都对我所拥有的垂涎三尺。我毫无怨言，一点都没有。"

"可有一样宝物从您的身边被夺走了。对艺术家来说，最要紧的就是发挥自己的天赋。关于这点，想必您跟我同样心知肚明。若不能好好使用这份上天赐予的礼物，它便会扭曲生长，如同一棵歪斜的树木。届时，人生的百般意义皆将烟消云散，生活不再是生活，而成了谋生计——某种谋生的权宜之计。直面这一切吧，斯兰夫人。您的丈夫儿女，您的安富尊荣，都不过是阻挠您追寻本我的拦路虎罢了。您只是选择用这些来顶替那真正适合您的身份。我猜那时的您年纪尚轻，大概还不懂得什么更好。而当您最终做出取舍，选了那种人生，也就等于'瞒心昧己'，走了一步错棋。"

斯兰夫人伸手掩住双眼，她的心灵再也受不住这股冲击，经不住被这样一点一点掰开和层层揭穿了。倏然间，菲茨乔治先生仿佛摇身一变，化作善于启迪的传道士，残酷地将她安宁如水的生活搅得天翻地覆。

"没错，"她无力地说，"您说得没错，我很清楚。"

"这就对了，我说得铁定没错。老菲茨或许很滑稽，也很搞笑，可他依然保持自己的一套评价标准。依我看，您触犯了我人生信仰的一大基本准则。所以就算我指摘您，也没什么好大惊小怪的。"

"别再指摘啦，"斯兰夫人抬首微笑道，"我跟您保证，倘使我真犯下过错，那我定然会受到惩罚。不过您别批判先夫便是。"

"我没批判他。根据他的处世标准，他已经给予了您梦想中的一切。他无非是让您活得不像活着罢了。男性的确会把女性折腾成行尸走肉，据说大多数女性还乐在其中。我敢说，身为女人，就连您也或多或少得到了些许乐趣吧。我现在是否把您惹火了？"

"并不，"斯兰夫人道，"我寻思着，被看穿恐怕也是种解脱。"

"那您肯定知道吧？其实在法塔赫布尔·西格里的时候我就看穿您嘞。当然仅看了个大概，并不深入，也不彻底。我们当初都没有张口，今日的对谈，权当弥补了那年的空白。"

此时此刻，她纵使心烦意乱，却依旧坦然地开怀大笑。在心底，她深深感激这位执拗古怪的菲茨乔治先生，现在他已然停下指摘的唇舌，坐在那儿如梦似幻地望着她，目光里满是缱绻的深情。

"一场五十年前戛然而止的对谈。"她道。

"往后不再重谈。"顾虑到斯兰夫人可能担心他反复往她伤口上撒盐，菲茨乔治先生如今竟也一反常态地乖巧起来，"有些话还是要讲在前面，这便是其一。眼下我们能放心做好朋友喽。"

就这样，自从同她结下友谊，他便凭主观推断，斯兰夫人定然乐意有他在身旁陪伴。他时常不约而至，一屁股坐进那张日后很快成为他专属的座椅上，调侃对他敬慕有加的热努几句，同巴克特罗夫先生没完没了地高谈阔论。他一面把自己的习惯硬塞进这栋宅院，一面又在不知不觉中巧妙融入斯兰夫人的生活步调。他甚至会陪她去西斯公园。他们走得慢慢吞吞、晃晃悠悠，她的披肩、他的方帽，已成为冬日树下一抹常见的光景。两名老者并肩漫步，一路颤颤巍巍，时不时寻张长凳坐坐——明明是疲了，走不动了，二人嘴上却都不肯承认，硬说是想坐下好好欣赏美景。待看够风光，觉得歇息好了，有精神了，他们就站起来，再走一段路。于是，两位老人做伴前行，不仅饱览犹如康斯特布尔画布中的无边风月，还拜访了济慈（Keats）[1]故居。那是一座小小的白房，填满焦虑与遗憾，孤零零地仁立在墨绿色的月桂丛间。他俩仿佛一对窃窃私语的游魂，喃喃地说着范妮·布朗（Fanny Brawne）[2]的亡灵和那份将济慈推向毁灭深渊的激情。而此时此刻，在某处偏僻的角落，在那明明近在眼前，却又仿佛遥不可及的地方，在那深深的阴影里，同样潜藏着一份热情，一份险些毁掉菲茨乔治先生的对斯兰夫人的热情。但他不像可怜的济慈。他是个彻头彻尾的利己主义者，一辈子都小心翼翼，如履薄冰。他是何等聪明，面对青春芳华的总督夫人，他绝不放任自己沉沦于这段没有未来的爱情；可

1　约翰·济慈（1795—1821），英国诗人，被誉为欧洲浪漫主义运动的代表。
2　济慈的未婚妻。

他又是何等愚蠢，在长达半个世纪的漫长岁月，这颗心竟自始至终忠贞不渝。

某天在西斯公园，他向她谈起五十年前的一件往事。时至今日，她已经全然没有印象了。

"您可否还有印象，"他说，两位老人对这段开场白早已熟得不能再熟，而今每回提起都会心一笑，"晚宴结束后，我还出席了翌日的午宴？"

"晚宴？"斯兰夫人糊涂了，她的头脑已经迟钝，再不似从前那般敏锐，"什么晚宴啊？"

"在加尔各答的那场晚宴呀，"他柔声道，每逢她的记忆出现空白，他都会耐心提醒，"我接受总督的提议，同意随您二位一道前往法塔赫布尔·西格里。在那之后，总督又邀请我出席翌日的午宴，说是有些细节需要商定。那日，我到得很早，只看见您一人在那儿。说起来，也不算严格意义上的'一人'。那个时候，凯伊也跟您在一起。"

"凯伊？"她说，"哎呀，凯伊当时肯定还没出世呢。"

"凯伊那时两个月大。您将他放在婴儿床上，一起待在房间的角落。您没印象了吗？被一位素昧平生的青年男子碰见您跟您的小宝宝在一块儿，夫人那时可真是狼狈不堪呢。但眨眼间，您便恢复常态——您的一言一行都那样单纯质朴，着实令我倾慕——接着，您还邀请我见见您的宝宝。您拉开婴儿床的纱幔，我不愿拂您的面子，就匆匆瞥了那难看的小玩意儿一眼，但老实说，当时真正吸引我目光的是您拉着纱幔的手。您的玉指，如平纹细布般洁白，然而您的戒指，却给这白璧添了一抹微瑕。"

"这些戒指啊。"斯兰夫人边说，边抚摸着漆黑手套下那一枚枚隆起的硬物。

"应该就是这些。有一回我曾告诉凯伊，他还在摇篮里时我就见过他，"菲茨乔治先生轻笑道，"这么多年来，我始终憋着没说，就想着哪天好好捉弄他一下。告诉您吧，他知道后简直大惊失色。而我呢，也没给他任何解释。直至今日，他都对其中内情一无所知。难道他跟您打听过？"

"并没有，"斯兰夫人说，"他从来没有跟我打听过。就算他打听，我也没法子给他答案呀。"

"没错，人总会忘事，记忆也终将消散，"菲茨乔治先生纵目远眺着西斯公园的景致，"然而，有些东西却会永远留存心间。您拉着纱幔的手，您垂首瞧着讨厌鬼小凯伊时的表情，无一不深深镌刻在我脑海中。我犹记偶然闯进您的隐私空间，碰见您跟您的小宝宝在一起时，心里那股五味杂陈的滋味。但这种感觉很快便烟消云散：您随后就按铃，叫奶妈过来把凯伊连同婴儿床一块儿弄走了。"

"您对凯伊有好感吗？"她问。

"好感啊？"闻言，菲茨乔治先生一脸震惊，"这个嘛，我倒是跟他挺熟的。行吧，您说有好感也没错。我们知己知彼，因而互不打扰。我们挺熟的，这样说应该没啥问题。我们这个年纪就怕麻烦。"

说得没错。好感，就算对她来说也是个遥不可及的字眼。在她心里，菲茨乔治先生、热努、巴克特罗夫先生都令她颇有好感。甚至戈舍兰先生也姑且可算在内。这是种脱离了一切烦忧、躁动的好感。正如她那朝气尽失的衰老躯体。喜怒哀乐，七情六欲，皆沦为虚幻。她唯一值得一提的，也不过是在西斯公园同菲茨乔治先生走走停停、听他重温旧事的惬意。珍藏在他回忆里的那日，纵使在时空的掩映下依旧熠熠生辉，晃得她几乎睁不开那双已然暗淡的眼。

其实菲茨乔治先生仍未将实情向她和盘托出。他没跟她讲，那日来的时候，他还目睹她跪在地板上一片美丽的花海之间。房间一角是凯伊和他的婴儿床。

当时正值寒冬时节，他以为这堆花儿是刚刚从英国采撷而来，却未曾料想，这些漂亮的小东西实际上源自印度的花圃。蔷薇、千鸟花、甜豌豆花被精心分类，静静堆放在她的周身。晶莹剔透的玻璃器皿装着清水，瓶瓶罐罐摆满地毯，落下无数明晃晃的光斑。她仰头望着这位不请自来的访客，在他面前，这位总督夫人正做着与其身份地位毫不相称的事情。这本应是秘书或园丁的分内工作，她却宁愿自己干。她仰头望着他，用湿淋淋的指尖拨开偶然滑入眼中的发丝，一并拨开的还有另外一样东西：她全部的个人生活。刹那间，她换上一副礼节性的漫不经心的客气姿态，站起身来，将手用抹布擦拭干净，向他伸去："哎呀，菲茨乔治先生，"那个时候，她还记得他姓甚名谁，"真是抱歉，我不晓得时间已经这样晚啦。"

大家最近发现，菲茨乔治先生已经鲜少在圣詹姆斯街抛头露面了。凯伊·霍兰德也注意到，近来想叫菲茨一块儿吃个晚饭，已不似从前那般轻而易举，只是其中的原因，他大概永远都无从知晓。他一边被蒙在鼓里，还一边白白地为这位友人牵肠挂肚，猜想菲茨近期是否因乏倦，或身子抱恙，而早早上床歇息；而两人的相处本就亲疏有度，以礼相待，凯伊始终未敢贸然过问。他对老朋友的房间了如指掌，对这位老先生的日常也有个大致了解；老实说，他甚至能料想菲茨眼下正过着何种生活：披着晨衣，趿着便鞋，拖着蹒跚的小步，从那堆摆得乱七八糟的绝世艺术品间缓慢走过，在燃气灶上煮一片汤块聊作晚餐，为省电，就点一只灯泡，让整座房间笼罩在暗淡的微光里，映亮他套着纯毛晨衣的小小身形，屋中那叠放在一起的镀金框架也隐隐生辉——或者干脆连灯泡都不点，就在瓶子里塞根蜡烛头？凯伊深信，他的老伙计从不好好吃饭，总是饥一顿、饱一顿；他整日蜗居在那样一间布满灰尘、低矮逼仄的陋室里，就算有女佣每日上门，他也只许她做最基本的清洁，从不准人家多干一点儿，这种情形下，必然身体状况堪忧。尽管家中一片狼藉，可每回出门，菲茨都捯饬得整洁得体。老朋友到底如何做到"出淤泥而不染"？对此，凯伊百思不得其解，毕竟他每天都要花费大量时间保持居处纤尘不染，家具锃光瓦亮。事实上，说起拾掇家，就连那些未婚女人都不如凯伊那样讲究。他每年都大扫除，把家里收拾得干干净净。他甚至会挽起衬衫袖子，打盆清水，把他那些美丽易碎的宝物挨个清洗一番。可老菲茨就不同喽！凯伊估摸着，那间两居室自菲茨不知到底哪年搬进来以后，就一直没有被好好清扫打理过。他的小窝，宛似筑在伯纳德街屋檐下的一只干鹊巢，里面堆满一件件从各处搜罗来的小玩意儿；这些物件先是被胡乱堆放在座椅上；后来随着数量的增长，又摆了一地；再后来塞满了抽屉跟壁橱，直至把橱门撑得再也无法合拢；素日里，他对这一堆堆的宝贝碰都不碰，也从不拿掸子给它们拂拂灰。除非答应访客，许他们一睹他收藏的这些珍品杰作，菲茨乔治先生才会轻轻吹去上面的灰尘，将一幅画作、一件青铜艺术品或雕刻品展示出来。

而眼下菲茨甚少露面。他偶尔现身于俱乐部，看上去同往日并无两样，见此情景，凯伊稍微安心下来；要说有哪里不同，那就是他好像比以前更活泼了一点，骂凯伊骂得更起劲了，那副目光灼灼的模样，仿佛在享受某个不能对外言说的乐事。事实上，他的确如此。凯伊跟他坐在一块儿，心里暖暖的，很幸福。能这样揶揄嘲笑他的人，菲茨乔治先生还是头一个。尽管凯伊好奇难耐，迫切想知道菲茨称见过摇篮里的他是怎么回事，但一方面出于羞涩，一直难以启齿，再加上两人"亲疏有度"的相处传统，他最终还是未能开口。

但菲茨不再要求自己带他去见母亲了，这倒使凯伊如释重负。他内心坚信，在汉普斯特德避世独居的母亲，绝不会欢迎素昧平生的陌生人来访。事实上，他挺得意的，觉得自己不仅善解人意，懂得举一反三，而且还处事周全老到，巧妙地把老菲茨挡在了门外。但偶尔，他的良心也会隐隐作痛：菲茨无非是想结交新的朋友，他这样百般阻挠，是否有些不近人情？菲茨既然提出此事，定然是鼓足了勇气，想要重提此事，就需要更大的勇气。但最重要的还是对母亲负责。无论嘉莉、赫伯特还是查尔斯，他们都不懂母亲缘何渴望独自去隐居乡野，可凯伊懂。正因如此，他有责任为母亲的这份心愿保驾护航，而且事实上，他也的确做到了——纵使他对菲茨心存敬畏，在这位老朋友面前常常畏首畏尾，但他的确做到了。幸亏自己一直推三阻四，菲茨好像终于将这突如其来的奇想彻底抛诸脑后。凯伊暗想，这几日他一定得找机会去看看母亲，然后跟母亲好好讲讲，自己有多机灵。

暮冬时节，山寒水冷，凯伊只得再三推迟原定计划。他就跟猫咪似的，喜爱待在舒服暖和的地方。他时常自我安慰，像他这样养尊处优的老头子，就不该长时间待在冷飕飕的地铁站里。每日，他都会散步养生：从位于坦普尔的小家出发，穿过喷泉庭院，从那些胖得飞不动的肥鸽子中间堪堪挤过，然后沿台阶而下，来到堤岸，再走上诺森伯兰大道，一路穿越公园，最终抵达圣詹姆斯街。他穿着外套，戴着围巾，裹得严严实实，就算这样，顶多走到这里，再远半米都不行。他雷打不动、定期散步，不光是为强身健体，更是因为他对遍布公共交通工具的细菌分外敏感；他的世界里，细菌就是洪水猛兽，在其面前，连爬虫类都显得可爱多了；几乎每日，他都会胡思乱想，觉得自己染上了不止一种不治之症；每回用茶，他都会满怀感激，庆幸水已煮沸，不致让他染上什么疫病。他其实很喜欢雨水连绵，或者霜雪纷扬的日子，因为如此一来，他便能找借口心安理得地待在家里了。为减轻心中的愧疚之感，他会给母亲写些贴心的小字条，说他患了伤风，说他晓得近期有流感肆虐，希望热努好好照顾母亲云云。而一待天气转晴，他便得赶往汉普斯特德，告诉母亲关于菲茨乔治的事情——凯伊默默想道。届时，母亲听后定会觉得好笑，会对他感激涕零也说不准。

但凯伊就像无数自作聪明的家伙那样，屡次三番地拖延原定的旅程，结果最后聪明反被聪明误。他全然忘记，菲茨乔治先生比他年长了足足二十五岁。八十一岁，这个年纪可禁不起跟光阴开玩笑了。从前，在弱冠、而立、不惑、知天命乃至花甲之年，大家尚可说：下个夏天吧，到时候再做也不迟。诚然，纵使在二十岁的天空，也总是充满了不测风云。但到了八十一岁，在天命面前，这样的拖延无疑成了一种纯粹的作弄。韶华时期那些预料不到、未必发生的灾祸，到了耄耋之年就会演变成无法逃脱的厄运。凯伊的家族历代高寿，恐怕就是因为这点，歪曲了他心里的那把度尺，影响了他对于年龄的概念。菲茨乔治的离世，对他来说无异于一道晴天霹雳。他又恨又怨，无法释怀，死活都不愿相信旧友亡故的事实。

　　关于这件事，他首先在墙报上留意到蛛丝马迹："伦敦西区俱乐部男士一命呜呼"。那个时候，他正一路经过堤岸，拐上诺森伯兰大道准备去吃午饭，这则新闻偶然间映入了他的眼帘；对此，凯伊并未放在心上；这条消息对他来说，就跟"布里克斯顿有辆巴士驶上了人行道"一样无关痛痒。又往前走了段路，他看到沿途不少午报也有相关报道："伦敦西区茕居富豪撒手尘寰"。菲茨乔治？刹那间，他想到他的老朋友，可马上便一笑置之，打消了这个念头，毕竟现在就连记者都不会把伯纳德街称为伦敦西区。他向来不爱看报。但那日，他还是鬼使神差地买下一份报纸。凯伊穿越公园，抬眼望去，一簇簇的番红花已吐露新绿。这条路，他走过无数次，几乎每步都深深刻在心底。他不紧不慢地走进布斗斯俱乐部，点了瓶维希矿泉水，摊开餐巾，把《伦敦晚旗报》（*Evening Standard*）[1] 搁在面前，开始享用午饭：大块连骨肉配腌黄瓜。他每天的生活一成不变，就这样日复一日、周而复始，无须开口，对他喜好心知肚明的侍应生便会迅速奉上他想要的餐点。他垂眸读报，看到头版的第二栏写着："伦敦西区俱乐部会员一命归西：揭秘幽居富豪离奇的一生"。即便那时候，凯伊都在暗暗吐槽，这不是自相矛盾吗？谁能在离群索居的同时还经常往返于俱乐部？他就这样心不在焉地琢磨着，直至后来，"菲茨乔治先生"几个大字赫然映入他的眼帘。

那一瞬间，刀叉从他的手里滑落，哗啦啦地摔在餐盘上面。其他食客本来还在纳闷，疑惑凯伊·霍兰德如何能做到这般平静如常。此时听见响动，他们纷纷抬头，窃窃私语起来："哎呀，他到底还是听着喽！"意思就是他终于读到了那则消息。但说"听"其实也没差——印在报上的那行小小铅字就好像在冲他尖叫，

1　1827年创办的报刊。

声音震耳欲聋。他仿佛觉得被人狠狠扇了一巴掌。"菲茨没啦？"他问邻桌的食客。他同那人素不相识，这二十年来，不过是偶尔打个照面的点头之交罢了。

他失魂落魄、恍恍惚惚，再回过神来已身处伯纳德街，正在爬着楼梯，前往菲茨的那间两居室。他不晓得自己一路是怎么过来的，只依稀记得掏腰包付过计程车的钱，其他的一概没有印象。好友的屋门被砸坏，满地都是碎屑。两名身材魁梧的年轻警察站在里面，一副神气的模样，表情中还隐隐透着一丝歉疚之色。得知凯伊的名字后，他们待他非常客气，也非常友好。他的老朋友则穿着那件纯毛晨衣躺在床榻间一动不动，躯体僵硬，看着甚是诡异。桌上搁着一条半沙丁鱼，吃剩的半片吐司，还有些许水煮蛋的残渣，散发着冷掉后特有的那种令人作呕的气味。菲茨居然还戴着顶夜帽，这倒让凯伊很是吃惊。仔细一瞧，帽子上还饰有吊穗，此刻正轻轻垂向一侧。他的老伙计看起来跟活着的时候差不多，却又似乎全然不同。很难说这种差异从何而来，反正肯定不是因为躯体僵硬；或许是源于凯伊内心深处的愧疚吧——老菲茨脚踩便鞋、头顶夜帽，啃着从食柜翻出的最后三条沙丁鱼——这长久以来未曾被人窥探的隐秘时刻，而今却被定格，赤裸裸地呈现在他的眼前，好似他是个卑鄙的梁上君子。"现在不能移动尸体，先生，"其中一名警察担心凯伊离得太近，破坏现场，始终守在一旁，此刻忍不住张口道，"得等法医尸检结束才行。"

凯伊往窗边缩了缩，心中暗暗比较着旧友的死跟先父的死。两者所选的人生路途可谓迥然相异。菲茨一向独来独往，自得其乐。他傲世轻物，心门紧闭，永远不向旁人敞开。他被彻底惹恼的样子，凯伊这辈子仅仅见过一回。当时，某家报纸刊登了一篇关于伦敦怪人的文章。"老天爷呀！"菲茨读后不禁感慨道，"这年头，不跟人来往就算古怪啦？"见自己的大名赫然在列，他不由怒火中烧。他实在不懂，为何大家都对别人的生活这样好奇；在他看来，这份好奇既庸俗，又无聊，而且毫无意义。他想要独处，想要清静，他只想远离世俗琐事，隐居在亲手择取的那片天地里，拥满怀珍宝，享受美，仅此而已。这就是菲茨的追求，以及思维模式。所以，他纵使走得孤独，却并不可悲。因为这正是他自己选择的结果。

然而他这一死，可把执法人员跟州政府给愁坏了。他们蜂拥而至，来到菲茨乔治的屋里，那个时候，凯伊正神情凄凉、可怜巴巴地站在窗边，手指不停摆弄着脏乎乎的窗帘。他们望着那具沉寂僵硬的躯体，说这位先生过去曾富甲一方；事实上，他的资产据说已经达到七位数。他们经常处理此类"孤独死"[1]的案件，但死的都是贫民或乞丐，这样腰缠万贯的大富豪还是头回遇到，没有先例可循，一时间让他们手足无措，不知该如何是好。"他肯定有什么亲戚的吧。"他们边说边瞪视凯伊，好像他是罪魁祸首似的。另一边，凯伊则给出了否定的答案；从他所掌握的消息来看，菲茨乔治先生压根一个亲戚都没有，他跟这颗星球上的所有人都毫无瓜葛。"等等，"他补充道，"要不去问问南肯辛顿博物馆吧，那边或许能提供给诸位一些有关他的信息。"

巡官闻言，禁不住狂笑起来，可能冷不丁想起这是个死了人的房间，于是赶紧用手掩住大笑的嘴巴。博物馆啊！他说，哎呀，人死了，竟然要去博物馆里找信息，查他这一生的事迹，未免也太没劲了吧。毋庸置疑，这位巡官必定有位贤惠的夫人，且儿女成群，活泼闹腾，家里的窗沿上摆满瓶瓶罐罐，里面红艳艳的洋绣球花色正浓。巡官接着说，霍兰德先生这样讲其实也不是没道理。毕竟拜博物馆所赐，他

1　指独自生活的人在无人照顾的情况下在住所死亡，死者以老年人居多。

跟部下才找来这里。通常情况下，只有发生谋杀和自杀案件的时候，警察才会到场。不过据他称，这回是博物馆方以所谓的"发生状况"为由，给苏格兰场[1]打去电话，总部才派警员到伯纳德街看守那些最终有可能归国家所有的珍贵遗产。尽管这名巡官显然瞧不上这些东西，但一听"珍贵"二字，他的脸上顷刻换上一副赞赏有加的神情。可是除了冷冰冰的博物馆，霍兰德先生就不能给出一个更温暖、更有人情味儿的选项吗？然而，凯伊爱莫能助。要不去《名人录》（Who's Who）碰碰运气吧，他弱弱地建议道，或许里面载有关于菲茨乔治先生的更多资料。

"行吧，"巡官掏出记事簿，进入正题，"那他老爹到底是何人啊？别让那些新闻记者进来！"他怒气冲冲地对两名部下说。他打小就没爸，凯伊答道。他感觉自己就像只落入罗网的兔子，只能乖乖地任这些执法人员呼来喝去。凯伊多希望自己没来伯纳德街啊。与此同时，他心里也不禁泛起嘀咕，怀疑巡官是为满足自己的好奇心才来调查这位已故大富豪的身世。

---

1 英国伦敦警察厅的代称，除了维护整个大伦敦区的公共治安及交通秩序，还负责调查重大犯罪案件。

巡官凝视着他，眼里闪过一丝笑意，好似想到了什么滑稽的事。但考虑到自己的身份，他强忍住了。

"那他的母亲？"巡官接着问，那口气，俨然在说一个人没爹行，没妈可不行。然而，凯伊早已跳出这种思维；在他心里，菲茨乔治就是孤立的个体，终其一生都在为"独立"而战。"老妈也没有。"他回答。

"那请问他究竟有什么？"巡官边问凯伊，边瞥了眼他的部下，那副神情仿佛在说：眼前这家伙，就是个糊涂蛋。

凯伊很希望说：他有他的个人生活。此时此刻，他头昏脑涨，菲茨乔治跟巡官之间的天壤之别，以及这位巡官所主张的种种，实在让他有些吃不消了；可他终究还是选择妥协，指着房间里乱七八糟的艺术作品说："这些。"

"这些哪够。"巡官说。

"对他来说足矣。"他答。

"这些个破烂儿吗？"巡官问。凯伊没吱声。

一名警察走上前来，递给巡官一张名片，跟他低声说了些什么。"可以，"巡官看了看名片后说，"请他进来。"

"长官，楼梯平台那儿也有不少记者。"

"统统挡在外面，我跟你说过的。"

"可长官，他们说就想瞧下屋里，不干别的。"

"这个嘛，没门儿。跟他们说，没什么好瞧的。"

"是，长官。"

"只有满屋的破铜烂铁罢了。"

"是，长官。"

"把博物馆的那位先生请进来，其他人一概不准入内。现在看来，"巡官转向凯伊说，"咱们关于博物馆的设想是正确的。看看吧，估计是死者的哪位叔叔？来得可真是时候，刚好解了燃眉之急。"说罢，他把名片交给凯伊，只见上面写着：克里斯托弗·福尔贾姆先生，维多利亚与艾尔伯特博物馆[1]。

这时，一名男子走进房间。他年纪轻轻，一袭天蓝色大衣，头顶硬圆形黑色呢帽，戴着羔皮手套，鼻梁上架着一副厚重的角质镜框眼镜。年轻人瞥了菲茨乔治先生一眼便匆匆移开目光，一面跟巡官交谈，一面打量着屋里凌乱堆放的藏品，仔细估算着。只是他的态度跟巡官的迥然不同，他时而兴奋得眼放异彩，

1　位于伦敦，成立于1852年，是世界上最大的装饰艺术和设计博物馆。

时而情不自禁地伸出手去，一直虎视眈眈，仿佛想要伺机攫取那些堆在座椅上、桌子上的布满灰尘的贵重珍宝。此外，他还非常客气地跟凯伊打了招呼，态度恭敬谦和，无形中使得凯伊的形象在巡官心目中瞬间威严高大起来。说到底，博物馆也算公共机构，实实在在享受着政府的扶持，纵使补助少得可怜，却也聊胜于无，正是这点博得或者说"购得"了巡官的尊敬。眼下，他待福尔贾姆先生，比待凯伊·霍兰德要恭敬有礼得多了。毕竟单从表面上看，他尚且认不出这位前首相之子，而福尔贾姆送来的名片上则明晃晃地写着"维多利亚与艾尔伯特博物馆"。

但老实说，福尔贾姆先生此刻心里七上八下的。他是"临危受命"，被上级派来检查老菲茨的藏品是否得到妥善保管。根据过去四十年来老菲茨所显露出来的种种蛛丝马迹判断，博物馆方自认他们理应有权瓜分他的遗产。凯伊·霍兰德再度缩回窗前，用手指头扒拉起脏兮兮的帘布来。他认可巡官以及福尔贾姆先生眼下所做的一切，那原本就是他们的分内之事。巡官得履行他的职责；福尔贾姆先生则是受博物馆委派，来完成这件其实并不怎么合他脾性的苦差。曾经，老菲茨淘到宝贝时的欣喜若狂，以及面对美妙物件时的那份或捶胸顿足或小心翼翼的迷醉，现在恍如隔世，皆与眼前这冷冰冰到连友人遗体都碰不得的世界，与这蝇营狗苟、利欲熏心到连逝者财物都丁点不肯放过的世界相去甚远。凯伊深谙世故，眼下此事也只能如此处置。就算站在老朋友的角度，他也感受不到这里面有一丝讽刺的意味。无论巡官，还是福尔贾姆先生，都不过是各司其职罢了，更别提福尔贾姆先生的一举一动还都那样得体。

"我当然清楚我方无权过问，"他说，"可考虑到这一系列收藏品价值连城，而且菲茨乔治先生始终让我们相信他会将大部分个人财产留给国家，因此我任职的博物馆觉得应该采取适当举措来维护这些所有物。本人听从上头指示，前来传达我方意思：诸位如希望我方派人接管，我方定随时随地听从调遣。"

"先生，您是说这些藏品价值不菲？"

"我想有数百万英镑呢。"福尔贾姆先生快活地说。

"唔……"巡官开口道，"这些事儿我也不懂。反正这房间在我看来活像一个抵押店。可先生您都这样说了，我也不得不信喽。话说回来，那位绅士，"他伸出拇指，指了指菲茨乔治先生，"他好像没有家人吧？"

"据我所知，没有。"

"这简直匪夷所思，先生。这可是个有钱人啊，实在太让人匪夷所思了。"

"有事务律师否？"福尔贾姆先生问。

"截至目前，还没有任何一家律师事务所露面呢，先生。但这事儿已经见报了，各家新闻午报上都有刊载；说真的，这儿也没部电话，"巡官嫌弃地四处张望了一下，"他们必须自己跑一趟了。"

"菲茨乔治先生比较孤僻，不太爱跟人交往。"

"那我就懂了，先生——您的意思是，这位先生是个不折不扣的独行侠，没错吧？对此我可没法感同身受；老实说，我挺爱社交的。他这里还好吧，先生？"巡官轻轻敲了敲自己的脑门，问道。

"也许就是有些怪吧，其余的还好。"

"大家都会以为，像他这样的绅士，好歹应该担任个治安官之类的职务，对吧，先生？我是说，做些公共工作——好比加入医院委员会什么的。"

"我认为菲茨乔治先生对公共事务并不热衷。"福尔贾姆先生说。他讲话的腔调模棱两可，凯伊一时难以确定这到底是句苛责还是怜悯。"可是，"他接着说，"这个人能将如此宝贵的藏品捐给国家，在下没有资格对他评头论足。"

"这事儿现在还没法盖棺论定吧。"巡官说。

福尔贾姆先生耸耸肩。"他先前已经暗示得很明确了。除了祖国，他还会留给谁呢？除非一种情况：他把所有宝贝都赠给了霍兰德先生您。"他转身对凯伊说道，一脸开心，仿佛觉得这个玩笑很棒。

然而，菲茨乔治先生并没有把他的收藏品赠给国家或是凯伊·霍兰德。他将这一切，连同他的全部财富，都统统留给了斯兰夫人。这份写在半张纸上的遗嘱，逻辑清晰，条理分明，经过合法见证，无懈可击。这份新遗嘱废止了原先所立的旧遗嘱，不再将财产捐给慈善组织，也不再将藏品交由各大博物馆、国家美术馆以及泰特美术馆处置，而是明确表示，斯兰夫人对该资产拥有绝对所有权，且对其最终处置不承担任何义务。

此消息一经公布，立刻引起公众一片哗然。各家博物馆又惊又怒，另一方面，斯兰夫人的儿女们则惊喜交集。听闻这一消息，大伙立马一窝蜂赶至嘉莉家，聚在茶几旁，七嘴八舌地讨论起来。嘉莉当日下午便看望过母亲，此刻说话最有分量，大家对她都敬慕有加；事实上，她前脚刚听到消息，后脚就直接赶往汉普斯特德了。"亲爱的妈妈啊，"嘉莉说，"我可不能丢下她一人，让她独自担负这样大的责任。诸位心里也明白，这种事情，妈妈她一向应付不来。""可怎么会呢？"那日，赫伯特情绪特别激动，仿佛一点就炸，"怎么会发生这样的事呢？她怎么会认识这个叫菲茨乔治的男人？这件事凯伊又牵涉多少？咱们只晓得凯伊和菲茨乔治有朋友之交，却从不知道妈妈竟然跟他这样熟稔，他俩明明只有一面之缘而已啊。多年来，我甚至都没听她提过这个名字一回！"赫伯特狂躁不已，胸中的怒气如同一团烈烈灼烧的荒原之火。

"一场有预谋的诡计罢了，仅此而已。凯伊是始作俑者！凯伊对那老头儿的宝贝觊觎许久，一直想据为己有呢。嗬，结果到头来，还不是竹篮打水一场空？"

"可事实当真如此吗？"查尔斯接过话茬儿，"咱们哪清楚凯伊跟妈妈是不是私底下串通一气？凯伊老是躲着大伙，我总感觉他在背后搞鬼。"

"哎呀，那肯定的。"玛贝尔开口道。

"住嘴，玛贝尔！"赫伯特说，"关于这点，我跟查尔斯所见略同。确实，他一向都是不鸣则已，一鸣惊人。再者，妈妈也从没对咱们任何人透露过遗嘱的内容。"

"但时至今日，"这个时候，伊迪丝也加入亲族们的讨论当中，虽然这让她对自己很不齿，"妈妈她也没啥东西好留的呀。"

大家像往常一样，对伊迪丝的话置若罔闻。

　　"诸位所言，我均不敢苟同，"威廉张口道，他行事最为周全，对人情世故的理解也最为透彻，因而在家中备受尊敬，"他俩倘使真串通一气，那是断断不会安排把菲茨乔治的财产先传给妈妈的。想想这里头的税吧。"

　　"遗产税吗？"伊迪丝还是一如既往不通事理，冷不丁吐出这么个令人不舒服的字眼来。

　　"最起码也得有五十万呢，"威廉回答，"不现实吧？直接全传给凯伊岂不美哉？"

　　"但妈妈她本就不够现实。"嘉莉长叹一声。

　　"这也太不现实了吧，"威廉接口道，"这事儿怎么就不跟我们商量商量呢？但眼下生米已经煮成熟饭，"他又转而达观地说，"接下来，她会拿这笔财产怎么办呢？"

　　"她好像不怎么在意，"嘉莉回忆道，"我去时，她正读着书，热努在角落拿剩菜喂猫。我敢说她肯定没读进去，我问她在看什么书——你们懂的，就没话找话呗——她竟然说不上来。她称那是穆迪书店送过来的，但你们清楚，妈妈拟定购物清单一向谨慎，绝不任由店家乱送。我好不容易才进去的呢！那时候，报社记者把宅子围得水泄不通，妈妈禁止热努去应门。我只好绕道至花圃，在窗底下大喊'妈妈'。"

"唔，"见嘉莉停下，赫伯特张口问道，"进门后，她就此事解释过没？"

"并没。她似乎在印度同这位菲茨乔治结识，这段日子他登门探访过一两回，这些都是妈妈跟我讲的。但我敢肯定她有所隐瞒。在提到菲茨乔治曾来看望她时，一直在旁边来回忙活的热努倏然掉起眼泪来，哭着走开了。我还看见她用围兜擤鼻涕呢。她离开的时候口中还念念有词，类似什么'多善良可亲的一位先生'。我估摸他每次去都付她小费吧。"

"妈妈呢？看起来难过吗？"

"非常平静，不露丁点声色，"嘉莉顿了顿，谨慎认真地判断道，"没错，我几乎能肯定她有所隐瞒。她老想转移话题，可不谈这个还能谈什么呢？显然，她还没看到伦敦那满墙的海报。亲爱的妈妈呀，我不过想向她伸出援手而已。真的，被人误会心里挺不是滋味。她好像不愿意我参与此事——她希望我敬而远之。"

"可是，"拉维妮娅猜测道，"母亲这把年纪，还有什么好遮遮掩掩的呢？莫非……"

"这个嘛，"嘉莉回答，"谁也说不准，是不是？"

"不，不！我无法相信！"家主赫伯特正色道。

"的确未必如此，"嘉莉对他的话表示赞同，"我敢肯定你的判断最明智，赫伯特。可你猜怎么着，现在我有个古怪的想法。"

大伙纷纷围拢过来，迫不及待地想要一听。

"别，我真的不能讲，"见自己的话勾起众人浓厚的兴趣，嘉莉心中暗喜，"真不行啊，就算知道大家会守口如瓶，我也不能透露一个字。"

"嘉莉！"赫伯特说，"咱们有约在先的，谁也不许话说一半又咽回去。"

"可当时咱们都还只是小孩子啊。"嘉莉依然一副不松口的样子。

"当然，要是你实在不想……"赫伯特补充道。

"算了，你们实在想听就听吧，"嘉莉说，"我的想法是这样的。妈妈跟这老头儿，也就是这位老菲茨乔治是好朋友，咱们谁都不清楚这事儿。她从未跟咱们说起过他，跟谁都没有。现在看来，妈妈是在印度同他相识的，就在凯伊出世前后，没准还要更早。长久以来，他都对凯伊非常关注。再后来，他猝然离世，把一切都赠给妈妈，而不是凯伊。但这并不代表妈妈就会把这些资产占为己有，不转交给凯伊。或许老菲茨乔治打一开始就做好打算，要把这些财产留给咱们的这位小弟。他不过是先避开凯伊罢了。谁晓得这是不是声东击西，想要迷惑外人呢？你们懂的，这种怪老头儿最怕流言蜚语喽。"

"原因就是……"赫伯特应道。

"对极喽，就是那个原因。"

"哎呀，不是，怎么会！"伊迪丝叫道，"嘉莉，这种念头实在糟糕透顶，而且极其不公正。妈妈深爱着爸爸，不会不忠于他！"

"伊迪丝乖乖！"嘉莉喊道，"真是幼稚！凡事都喜欢走极端！"然而一股懊悔很快袭上嘉莉的心头。她不该在伊迪丝跟前讲这番话的，这位老妹很可能把她的想法告诉母亲。毕竟眼下，她有充分的理由希望同母亲打好交道，保持良好关系。

伊迪丝撇下一个鼻孔出气的众亲，愤然离去。大伙把椅子拉近了些。

"再后来，"嘉莉继续回忆道，"又来了个男青年，非常讨厌的一个年轻人，叫福尔贾姆，好像是从哪家博物馆来的。热努表现得也很不得体。我估摸着，大概这位年轻人没有亲口报上大名，只是随手向她甩了张名片吧。反正热努接着就开始唤他'疯腿子'[1]先生。我怀疑她是有意为之。但很快，我就发现是他活该。无论他，还是他所在的那家博物馆，都分明对咱那可怜母亲继承的遗产有所图谋。他佯称此次前来，是为传达博物馆的意思，表示如果妈妈没有地方存放这些藏品，他们很乐意提供场地。而妈妈总算理智了一回。她打定主意，不会答应任何事情。她说她还没想好下一步。她看福尔贾姆的眼神就跟看空气似的。再往后自不必说，热努一如既往冒冒失失地横冲而入，张口便问妈妈晚饭希望吃鸡肉，还是炸肉排。妈妈说吃鸡肉，贵点是贵点，但够今明两天吃了。要知道妈妈一年起码有八万进账啊！"

拉维妮娅叹息一声。

"可是妈妈啊，她对我跟对那年轻人一样三缄其口，"嘉莉接着说，"我三番五次跟她拍胸脯保证，我仅仅是想出份力，给她提供些帮助。诸位对我知根知底，肯定明白我讲的都是真话。但她呢？她望向我的眼神，就跟看福尔贾姆时一样恍惚茫然，好像心不在

1　福尔贾姆的英文写法是Foljambe，热努则唤他Follejambe，法语中意为"疯掉的腿"。

焉。估计在追忆那些刻骨铭心的往事吧？"嘉莉愤愤地说，"她甚至没邀请我留下用晚餐，明明那时候热努努都进来说鸡肉快做好了，不马上吃就坏掉了。最后，我只好同福尔贾姆一道离开，当然，我还不得不免费捎他一段。他跟我说，不算其他资产，单那些收藏品，估价就有大约两百万哦。"

"可怜的老爸，"赫伯特锐评道，"我头一回为他的离世感到庆幸。"

"没错，简直是莫大的安慰，"嘉莉说，"老爸真可怜。他到死都不知道真相呢。"

大伙一声不吭，静静接受了这桩宽慰人心的真相。

"可诸位想想，"就在这时，一向务实的威廉开口说道，再度回到原先的话题，"接下来，妈妈她会拿这笔财富怎么办？每年八万进账！还有价值两百万的艺术品收藏！哎呀，妈妈若把这些东西统统变卖掉，一年就能有十六万进账啊，要是她以百分之五的利率投资，收获还会更丰厚呢。这一切，对妈妈来说都轻轻松松，"说话间，他的音调逐渐攀高，变得越来越尖利，越来越刺耳——每逢谈到钱，他都是这副德行，"妈妈的行为，谁都无法预测。还记得她当初处置那些珠宝的态度吗？多马虎啊！何为价值，何为责任，她心里好像没有一点儿概念。照妈妈多年来一贯的作风，她把藏品一件不落地上交国家也未可知吧。"

顿时，恐惧笼罩在众人心头。

"你是认真的吗，威廉？再怎么说，她跟她的子女肯定也还是有些骨肉情分吧？"

"我很认真，"威廉的情绪越发激动，"妈妈跟个小孩子一样，拿红宝石当脚下寻常的砾石看待。她从来没有用心学习过任何东西，就这样蹉跎岁月，虚度了一生。诸位也清楚，长久以来，咱们都对这个事实了然于胸，那就是妈妈她就是个'奇葩'。谁也不愿意这样形容自己的亲生母亲，可这种时候，也无须再斟酌字句了。她的行为飘忽不定，随时都能干出些荒唐事来，把人逼上绝路。然而面对这一切，我们却束手无策，束手无策啊！"

"威廉，你净瞎扯，"嘉莉感觉他有点小题大做，"妈妈一向是通情达理的。"

"搬去汉普斯特德也是通情达理吗？"威廉沉着脸说，"都八十八岁了，还这样异想天开，我可不认为这种人会有多讲道理。还有，当初她那么乱分珠宝也是通情达理吗？"说到这里，他瞥了一眼玛贝尔，后者则慌乱地用蕾丝饰带掩住颈间佩戴的珍珠，"你讲得不对，嘉莉。妈妈做事一点儿都不踏实。云中鹈鸪国[1]，那才是妈妈的真正归属。而且很遗憾，她还不慎结识了另一位鹈鸪国居民，那就是菲茨乔治先生。"

"巴克特罗夫呢？他怎么说？"嘉莉问道。

"哎哟，怎么说？"威廉回答，"巴克特罗夫大概率会劝诱妈妈把所有财产都转给他。妈妈真倒霉啊，既单纯又轻率，简直是个'傻白甜'，让人卖了还帮人家数钱。接下来该如何是好呢？"

而这个时候，巴克特罗夫先生已来到斯兰夫人家，想给这位陡然肩负重任的老妪送点儿温暖。

"巴克特罗夫先生，您瞧瞧，这叫什么事儿，"斯兰夫人愁容满面，看着病病歪歪的。"菲茨乔治先生是老糊涂了吧？他把那堆漂亮的藏品赠给我，希望我也能享受享受那份美，这我理解。可留给我这样一大笔财富又是何必呢？他以为我能用这笔钱做什么？我兜里的铜板还够我自个儿用的。说起来，巴克特罗夫先生，我曾有位旧识，他明明腰缠万贯，富甲一方，过的却是天底下最不幸福的生活。他整日提心吊胆，唯恐遭遇暗杀，

---

1 源自"喜剧之父"阿里斯托芬的剧作《鸟》，一座理想的城邦，代指虚无缥缈的幻境。

身畔永远被私家侦探围得水泄不通。他总怕旁人别有用心，所以从不交友。宴会上，只要有人坐他邻座，他整顿晚饭都会吃得战战兢兢，生怕对方要他为某个慈善项目捐钱。他人缘奇差，我倒挺中意他的。这辈子，我看过无数人因顾忌旁人心怀鬼胎而紧闭了心扉，巴克特罗夫先生，我可绝不愿意陷入同样的境地。然而，这么多人里，菲茨乔治先生唯独把我拉进这水深火热之中，未免荒谬。我觉着他那时绝对是失心疯啦。"

"在整个世界看来，斯兰夫人，"巴克特罗夫先生道，"菲茨乔治先生为您办了件天大的好事呀。"

"我晓得，晓得。"斯兰夫人一副愁眉苦脸的模样。她也并不想让人觉得她不知好歹，是不懂感恩的白眼狼。

此时此刻，她不禁思绪纷飞，想起在她的一生中，为她办好事的人不计其数，可那都并非她真正渴望的。亨利曾先后让她荣享总督夫人跟首相夫人的尊贵身份，而如今，菲茨乔治先生又用无数的真金白银和奇珍异宝塞满了她原本宁静安谧的生活。

"巴克特罗夫先生，我无欲无求，"她道，"我只图置身事外、远离尘嚣。然而就这小小的一点心愿，哪怕已经八十八岁高龄，这个世界看样子都不肯满足我！"

"行星得围绕太阳旋转，"巴克特罗夫先生字字珠玑，"哪怕最小的那一颗也不例外。"

"您若这样讲，"斯兰夫人问，"岂非代表不论愿意与否，我们都必须围着财富、地位及一切身外之物兜转一生？我本来还以为菲茨乔治先生有多懂哩。您还没搞清楚吗？"斯兰夫人心如死灰，用求救似的目光看向他，里面透着绝望，"我原想着我终于摆脱了所有这些水深火热，谁曾想如今菲茨乔治先生偏偏又将我一把推回到这深渊里。你说我到底该如何是好，巴克特罗夫先生？究竟该如何是好呢？菲茨乔治先生的藏品定然精美绝伦，这我毫不怀疑。可说实在的，我真对这些宝贝一窍不通。相较人工打造之物，我一向更爱上帝的作品。我始终相信，上帝把它的杰作慷慨地赠予那些懂得欣赏的灵魂，无论贫贱贵富，一概分文不取；然而人的作品，却仅为那些腰缠万贯之人所专属。当然，除非人的作品确实能够满足创造者当时的需求，否则不管多少年后被哪位有钱人买下，都无关紧要了。不过，"她补充道，"菲茨乔治先生可不是因为看重其中的价值才掏腰包的。他是个名副其实的艺术家，拥有一对善于发现、懂得欣赏的眼眸。此外，他也是个锱铢必较的吝啬鬼。他从不按市场价格购置艺术作品，他希望亲手淘到真正物超所值的珍奇瑰宝。他对此乐在其中。这样他就会感觉捧在手心里的是上帝的杰作，而非人力打造的佳品。您懂我在说什么吗？"

"懂得不能再懂了。"巴克特罗夫先生回答。

"长久以来，这世上，懂我的人凤毛麟角，"斯兰夫人道，"您的一言一行，无不让我深深觉得，您能够对我的处境感同身受。能做到这点的人屈指可数。这些价值连城的宝物，纵然美轮美奂、无与伦比，可是我一件都不想留在身边。一想到壁炉台上搁着切利尼（Cellini）[1]的赤土陶器，我便不由提心吊胆、坐立难安，因为我敢确定，哪天做早饭或打扫屋子的时候，热努绝对会一个不留神把它碰下来，摔个粉碎。这样不行，巴克特罗夫先生。要是真想看点儿什么，我宁可直接去西斯公园，瞧瞧康斯特布尔的群树。"

"宁可把康斯特布尔的亲笔画作抛在一旁？"巴克特罗夫先生犀利地问，"菲茨乔治先生的藏品琳琅满目，我觉得里头肯定缺不了一幅康斯特布尔的佳作，上面涂绘着汉普斯特德西斯公园的绝美风景。"

---

1 本韦努托·切利尼（1500—1571），意大利文艺复兴时期金匠、画家、雕塑家。

"唔，这个嘛，"斯兰夫人愉快地说，"我或许会留着。"

"至于其他的，夫人，"巴克特罗夫先生接着说，"抛开您出于个人原因可能愿意保留的几件作品，您都计划怎么处理呢？"

"全都送了呗，"她一脸倦意，无精打采的，"让国家接手吧。钱财给医院。这也是菲茨乔治先生的初心。让我摆脱这一切就好！话说回来，"斯兰夫人话锋一转，而巴克特罗夫先生也早已习惯她这样把话头调来换去了，"我那群儿女要是知道了，估计脸都得气绿喽，想想看吧！"

他完全理解斯兰夫人拿子女开的这个玩笑有多么巧妙。长期以来，鲜少有恶作剧或者玩笑话能博他一笑。他觉得那都是愚蠢幼稚的表现，因而总是不屑一顾。然而，斯兰夫人这番玩笑则确确实实唤醒了他深埋心底的幽默感。纵使素未谋面，他已对她那些精于算计的孩子们了如指掌。

"可待您归西以后，"巴克特罗夫先生讲起话来向来这样直率，毫不拐弯抹角，"您的讣告会把您描写成一个无私奉献、造福民众的大善人。"

"反正到时候我也看不到喽。"斯兰夫人道。她不会大惊小怪，毕竟她早已见识过，当初亡夫的讣告是如何词不达意、谬错百出的。

　　告辞后，巴克特罗夫先生始终无法释然，时刻顾念着他这位旧交心底交缠的万般纠结。他从未料到，在大多数人眼里，斯兰夫人表露出来的失落与懊悔竟是那样古怪矫情，令人感到难以理解。这整件事情对巴克特罗夫来说却很容易接受，即斯兰夫人的思想与世俗的传统价值观念大相径庭，因而当这些观念被不断强加于她身上时，她会心生不满，感到憎恶也再正常不过。除此以外，眼下他还了解到她韶华时代的雄心壮志，也理解到那些梦想与她的实际生活是如何相去甚远。巴克特罗夫先生在许多方面都挺单纯，还有不少人觉得他有些疯癫，但尽管如此，他却有着一套独属于自己的处世哲学——坦率、公正、毫无偏见、充满智慧：他心里明白，标准必须依据具体情况进行调整，以适应环境；而期望环境进行调整以适应现成的标准，无异于痴人说梦。然而，这种情况比比皆是。所以在他看来，人生失意的斯兰夫人，跟饱受瘫痪之苦的运动健将一样值得怜悯。这种理念无疑有悖传统，巴克特罗夫先生却始终将之奉为圭臬。

　　另一边，得知斯兰夫人的打算，热努大惊失色，差点把她那法兰西魂儿都给吓飞了。在此之前，一连数日，这位老用人都高兴得合不拢嘴，走起路来都轻飘飘的。为庆祝这让人难以置信的泼天富贵，她甚至还特意给小猫多买了几块鱼肉。听闻女主人获赠那笔财产，她心里五味杂陈。热努在报上看过那数额，为弄清到底有几个零，她先是扳着指头算了半晌，然后又不敢相信地反复数了好几遍：一百万是什么意思，两百万又代表什么，这点热努倒是明白；可放到现实，她也仅仅是想到，现在她终于可以斗胆请斯兰夫人将女工上门清洁的次数从每星期两回调至三回了。此前，为节省开支，哪怕被风湿病折磨得关节酸痛不已，哪怕症状比以往更为严重，热努干活也从不偷懒。她仅仅会在衣服里面多垫层棕纸，多加件衬裙，然后照旧四处忙活，祈盼病痛自行减缓。她晓得夫人手头资产微薄，所以宁可自己吃苦受累，也绝不想让夫人多花一分钱。然而，就在某天夜里，她正要来撤走托盘，女主人随口跟她道出自己的打算时，热努关于未来的万般美梦，万般愿景，顷刻间便破碎支离，化作泡影。"夫人，这不是真的吧？！"她喊道，"我啊，还以为咱们的那些美好时光终于要回来了呢！"热努的心彻底死了。此前，她还整日欢欢喜喜的，因为公众的目光再度聚焦在她的女主人身上。

那个时候，各家日报、周刊都在竞相刊登斯兰夫人的相片，全是多年前的旧像，毕竟没有近照可用；照片中的夫人，还是做总督夫人或大使夫人时候的模样，青春少艾，珠围翠拥，一袭晚礼服，发型精致繁复，头上戴着宝冠，在棕榈下安然而坐；她的举手投足间透着一股不合时宜的老式做派，或手里拿着一本摊开的书籍，眼神却飘在别处；或身畔儿女环绕，赫伯特一身儿童水手服，嘉莉穿着宴会装——这一切，热努至今记忆犹新——两人亲热地靠着母亲的肩膀，垂着脑袋，凝神瞅着母亲搁在膝上的小宝宝——是查尔斯？威廉？甚至有家报纸，由于无论如何都拍不到斯兰夫人的近照，索性直接"化腐朽为神奇"，重印了她七十年前的一张穿着婚纱的照片，配图是手擎来复枪、穿马裤、单脚踩猛虎的斯兰勋爵。这一系列让斯兰夫人莫名生厌的玩意，反倒相当合热努的心意。她表示，她虽无权对夫人发号施令，但夫人可否考虑下自身的地位，以及应与之相符的待遇？夫人早已习惯身畔用人成群、副官环绕的日子——"尽管都是些黑鬼"——还有那些时刻待令的勤杂工，随时准备好四处奔走，递便条，传消息。"那时候，至少给夫人伺候得不错咧。"心灰意冷之际，猛然间，热努想到了什么，顿时笑弯了腰，两手还不停地来回揉擦着大腿："哎呀，我的老天爷哟，夫人，这绝对得把嘉莉女士给乐坏喽！还有威廉先生呢，就这么着吧！啊，真是出天大的笑话，简直妙极！"

自打菲茨乔治先生离世，斯兰夫人又变得孤孤单单。当初"毁家纾难"带来的那点儿兴奋，还有儿女们的抓狂，都逐渐随风飘散，并未在她心里烙下多深的痕迹。她不准热努往家里带报纸，直到这件事从醒目的大字标题缩减为普通的小段文字；至于那一众子女，她打定主意谁都不见，除非他们愿意装聋作哑，权当此事未曾发生。嘉莉曾致信斯兰夫人，措辞谨慎，语气庄重；她写道，此事对她的打击太大，这道狰狞的伤口，要经过数周，乃至数月的调理方能完全愈合，待到那时，她才能够直面母亲，才能够为自己的言行负责。待她好转些许，会再寄信来。按理来说，这个时候，斯兰夫人本该羞愧难当，无地自容。

然而这一切，并未让她的心灵有半分触动。此外，托凯伊跟巴克特罗夫先生的福，她同相关部门的交涉还算顺利，签署了几份文件后便大功告成。此时此刻，她精神空虚，心力交瘁。回想起来，她同菲茨乔治的这段友情着实美妙至极，而且不可思议。这大概是她今生品酌过的最后一口奇异美好、妙不可言的滋味了。现在，她别无他求，只愿魂神安谧，烦扰尽消。

偶尔，她会在报上读到有关家族的消息。嘉莉开了家义卖市场；嘉莉的孙女儿即将参加某场午间慈善演出；查尔斯的信件终于登上《泰晤士报》；赫伯特的长孙理查德在某场业余障碍赛中一举夺魁，孙女黛伯拉同某位公爵的长子缔结婚约——堪称天造地设的一双璧人；赫伯特在贵族院发表演讲，据称他将递补下任总督的空缺，他在新年授勋名单中获得圣米迦勒及圣乔治爵级司令勋章……斯兰夫人凝神静思，细细琢磨着这一连串渺远的点点滴滴，她竟然依稀找到了自己人生的影子。"好乏味哟，还是那么些千篇一律的、老掉牙的东西，一点儿意思都没有。"她一面喃喃自语，一面拄着拐杖，扶着栏杆，颤颤巍巍地走下楼梯。她百思不得其解，不明白缘何人老了，就只愿意读莎士比亚（Shakespeare）的文字，或者从另一方面来讲，年轻人其实也是如此，毕竟这位文学大师似乎既看透了"激情"的含义，又深深懂得"成熟"为何物。不过，或许唯有臻于成熟后，方能充分领悟他那更深层的理解吧。

斯兰夫人凝视着这群男男女女，她的亲生骨肉，有的在事业上拼搏正酣，有的则刚刚展开崭新的人生旅程。她暗暗想着，小黛伯拉同人缔结婚约，内心定然幸福满满，小理查德策马奔腾的时候，也必是一副神采飞扬的模样。想到这俩小家伙，斯兰夫人不禁莞尔一笑，眼中漾起如水般的柔情。可她又想：他们的心终会冷硬起来，待韶华的热情渐渐淡去，他们终会变得老于世故、自私自利；青年时期的莽撞冒失，以及满腔热情将统统消失殆尽，取而代之的是人到中年的步步为营和精明圆滑。他们的生活里没有战争，他们的灵魂里也没有战斗；他们只会因循守旧，艰难地投入到为他们准备的模子中。想到这一切的源头在于自己，即便是间接性的，斯兰夫人也深感无奈，不觉长叹一声。她的血脉将一直这样延续流淌下去。她心如刀割，只盼得到解脱。

然而到头来，她还是干了件荒唐事。在她写毕信稿，粘好邮票，交给热努投递后，她回头审视这一连串举动，最终认定自己是脑袋迷糊了。究竟是何种冲动在驱使着她，又究竟是何种古怪的欲念在牵引着她，让她同那唯恐避之不及的生活重新缔结纽带，斯兰夫人一头雾水，完全想不起来。许是她的寂寞汹涌澎湃，淹没了所有决然独处的勇气；许是她自视甚高，以为自己的内心已足够坚韧。但唯有最坚强的灵魂方能经得起寂寞的考验。不管怎样，她还是给某家剪报社去了信，吩咐他们把有关她家族的全部信息提交给她。她深知她想了解的只是曾孙跟曾孙女们的消息。她对嘉莉、赫伯特、查尔斯和威廉的事情毫无兴趣；儿女们的人生轨迹显而易见，既不会有什么"惊"，也不会有什么"喜"。可就算脑袋迷糊，她也没向霍尔本的这家剪报社暴露丁点儿自己的心思：她用冠冕堂皇的华丽辞藻，把她的真实所想悄悄掩蔽在一条笼统的饬令之下。而当那些翠绿色的小包一一邮寄过来的时候，对于其中有关儿女的内容，斯兰夫人瞧也不瞧，直接一股脑扔进废纸篓，只把那些跟曾孙辈们相关的留下，慎重地收进从街角文具铺购来的影集里面，用糨糊仔细贴好。

她每晚就着桃色的灯光粘粘贴贴，乐此不疲。她发现剪报社每星期只会邮寄两到三次，于是精心估算出每晚要用的剪报数量，当日只粘贴当日的份额，余裕刚好可供翌日使用。幸运的是，斯兰夫人的曾孙辈里，两名已经长大成人，日常活动精彩纷呈。实际上，二者已是当代年轻人中的佼佼者，有关他们的消息资讯时常见诸八卦专栏。斯兰夫人会依据这些琐碎片段加之先前的了解，尽情地想象两位曾孙辈的人格跟秉性。每晚粘贴剪报的时候，都是她无比快乐的时光；说到底，她这样遐思联翩，一半是因为柔情，一半则是出于顽皮，而每逢想到"太婆乐在其中，孩儿却浑然不知"，个中乐趣又凭空增加了不少；毕竟对她来说，这份乐趣是她一个荒唐可笑的秘密，仅仅存在于隐蔽的灵魂深处，宛似野栀子的瓣片，热烈馥郁，却又脆弱易凋。老夫人夜夜忙得不亦乐乎，知晓这一切的也唯有那忠实的老用人热努。可热努并没有打搅她。热努就像她的靴子、热水袋，还有在炉边蜷成一团、神态无比高贵的猫咪约翰，是组成斯兰夫人生活不可或缺的一部分。热努其实跟夫人一样，也对霍兰德家族的新生代关注有加，只是她的着眼点有所不同。她不仅很快猜中女主人的心思，而且还由衷地为此感到高兴。每回，翠绿的小包一落邮箱，热努便会迈着轻快的步子，一路小跑地去拿回来。"看呀，夫人！到喽！"然后她就退至一侧，眼巴巴地望着斯兰夫人一点点撕开包装纸，露出里面的剪报。一眼望去，尽是些零落细碎、毫无价值的只言片语，譬如地铁站的探宝活动，一场舞会或派对，偶尔还有配图——或是身穿马裤的理查德，或是黛伯拉在奇装异服舞会上扮作苏格兰玛丽女王（Mary Queen of Scots）[1]的样子。文字了无新意，文字里的人却年少翩翩、天真无邪。斯兰夫人一张张翻看着剪报，此时此刻，她的心意，无人揣测得了。身旁的热努则紧握双手，陶醉之情溢于言表："哎呀，夫人，理查德先生真是一表人才！哎呀，夫人，好一个沉鱼落雁的美人儿哟！"那是黛伯拉。斯兰夫人被老用人夸得心花怒放，唇角不觉浮出一抹浅浅的笑意。而今她已风烛残年，哪怕生活中最微不足道的事，也能让她从中找到快乐。"说得不错，"她细细凝视着一张理查德的相片，上面的他浑身泥土，两条手臂底下分别夹着银杯跟骑马用鞭，"年纪轻轻，体态健美，确实不差。""什么不差！"热努嗔怒叫道，"是棒极了好吗？我都要拜倒在他的马裤下喽。真是个风度翩翩的时尚公子哥，全世界的姑娘都得为他疯狂！而且，未来啊，这孩子还会继承他曾祖父的爵位，"热努对世俗的名望总是格外看重，"他将一路平步青云，当总督，做首相，说不定还能攀得更高，天晓得呢！夫人您就瞧吧。"热努压根没料到女主人对这类

---

1 玛丽一世（1542—1587），苏格兰女王，一生充满悲剧。

事情一向不屑一顾，只听她淡淡地说："不，热努，我恐怕瞧不着喽。"

映入斯兰夫人眼帘的，只是那天真愚鲁又不失美好的芳华。可这一切，她只能远远看着，让她有种怪怪的感觉。感谢老天爷，她不必亲睹他们的灵魂逐渐冷硬麻木，不必目送他们迈入更为愚鲁的成年生活，无论曾经的青春是何等狂野傻气，又是何等美妙动人。"美少女和羊倌，快走吧[1]——"她凝视着那如云的密发，还有纤巧的四肢，不觉喃喃道，"哎呀，热努，青春啊，可真是美好呢。"

热努闻言睿智地说："这啊，还取决于你的成长环境。有一种青春就不美好：降生于寒门，家境清贫，上头有十一位兄姊，被送去跟普瓦捷附近的乡民一块儿生活；夜晚睡在谷仓的稻草堆上；见不到双亲；每天凌晨五点钟准时爬起来，不论酷暑严冬；活儿干不好还得挨揍；与兄弟姊妹关系疏远，形同陌路。"热努服侍斯兰夫人将近七十个春秋，夫人对她的身世却一无所知。斯兰夫人听后甚觉新奇，也很感兴趣："后来和兄弟姊

1　源自17世纪西方歌曲《美少女和羊倌，快走吧》（*Nymphs and Shepherds, Come Away*），语言极富诗意。

妹重逢的时候，那感觉怪吗，热努？"

"完全不，"热努道，"再怎么说，也血浓于水嘛。家就是家。"十六岁那年，她再度踏入那间坐落于巴黎的小单元房，仿佛那才是她真正的归宿。普瓦捷边上的那家农场已不复存在，也早就被她忘至九霄云外，虽然她比任何人都熟悉那些走丢的母鸡下蛋的地点。她直接走进兄弟姊妹的人生，并占据一席之地，一切自然而然，好似她未曾远离。她仅仅同一位姐姐有过小小的摩擦。那时，热努的这位姐姐刚诞下一对双生子，而就在此前，她的大孩子因罹患白喉而不幸夭折。家人们试图隐瞒死讯——热努表示——但不知怎的还是被她猜到真相。当时这位姐姐二话没说，直接从床榻一跃而起，披着寝衣，一路狂奔至墓园，扑在亲生骨肉的坟前，久久不愿起身。大伙打发热努去带回姐姐，那时的她并不觉得，派像她这般年纪的姑娘去办这种事有多奇怪。当时也是迫不得已，母亲得待在家中照料那对双生子。然而同家人相伴的时光转瞬即逝。父亲已经在注册处替她报名，热努就这样稀里糊涂地被送上船只，等回过神来，自己已在穿越拉芒什海峡的途中，即将赶赴英国侍奉夫人。

斯兰夫人侧耳倾听着老用人的话语，心海波澜起伏，陷入深深的自责之中。她懊悔不已，为何自己以前竟未曾询问过热努一字半句？多年以来，她都视热努的陪侍为理所当然，却从未想过，那壮实的胸膛里也封存着丰富的生活阅历。自普瓦捷边农场那充斥着责骂与挨打回忆的稻草堆，到金碧辉煌、雕栏玉砌的政府大厦跟总督府，这样天翻地覆的人生转变，定然很奇特，很不寻常吧。相比之下，她曾孙辈们的人生履历着实单薄；而她自己的经历也同样疏浅，且文明的色彩过于浓厚，完全游离于现实生活之外。这么久以来，她郁郁寡欢、总是放不下她那胎死腹中的画家梦。这么久以来，她也未曾经历过被人打发去哪片新挖的埋骨地，拉走那因丧子之痛而肝肠寸断的姐姐。热努立在一旁，将昔年的种种磨难徐徐道来，神情平静如常。斯兰夫人望着她，脑海里思绪翻涌，不知到底哪种疮痍更痛彻心扉，是现实留下的狰狞伤口，还是幻想在心底擦出的隐形瘀斑？

她心想：自打那时起，热努便不再拥有独立的人生。这位老用人终其一生，都在为女主人鞠躬尽瘁，她的自我早已永远沉入灵魂深处。斯兰夫人倏然羞愧难当，心中责骂自己：好个私利至上的老太婆！可转念一想，她同样为亨利奉上了一生。她整日顾影自怜，沉湎于惆怅的泥沼难以自拔，这样看来，她也根本不必为此无地自容。

斯兰夫人继续想回热努。霍兰德家族取代热努的原生家庭，贪婪地汲取着她的所有骄傲，所有梦想，以及那颗虚荣的心灵。老夫人犹记得亨利受封贵族爵位之际，热努那一声声喜不自胜的真情赞美。她对霍兰德家的孩子视如己出，除非是护主心切，否则断断不会讲他们半句坏话。而今，她关切的目光已转至曾孙辈身上，就算他们不再上门探视也依旧如此。所以斯兰夫人拒绝接待黛伯拉跟理查德的时候，几乎一度让老用人那颗耿耿忠心破碎成两半。但当女主人紧接着为此辩解，年轻人精力旺盛，区区一介老妇哪能招架得住时，热努马上改口道："当然，夫人。青春啊，可真是难以招架呢。"

老用人虽嘴上这样说，可在内心深处，她仍旧认为无论是那本影集，还是那一只只翠绿的邮包，都代表家族自豪感的复兴，并由衷地为此感到喜悦。热努拥有一套话糙理不糙的底层智慧，她深信，传宗接代是人的本能，裨益无穷，可壮阔万代。热努这辈子没能生育一儿半女，只得把情感寄寓在她敬慕有加的斯兰夫人身上，可怜兮兮地巴望从她那里获得些许安慰，以弥补自己膝下无子的缺憾。"夫人，您每晚拿着那一小罐子糨糊粘粘贴贴的，"老用人泪眼婆娑地说，"我真是瞧在眼里，暖在心里呀。"曾经有一回，热努还抱起约翰，给它瞅《闲谈者》(Tatler)[1]上理查德的相片。那幅照片足足占了整页。"瞧瞧，咱的小亲亲，多俊一小哥哟！"名唤约翰的猫咪奋力蹬踹着，一眼都不想瞧。热努见状，只好把它放下，垂头丧气地说："真有意思，夫人。这畜生明明挺机灵的，却不认照片。"

这阵子，斯兰夫人鲜少考虑大家的看法。可她也好奇家中的曾孙辈对她舍弃菲茨乔治财产一事究竟作何感想。他们没准会愤愤不平，痛骂老太婆骗走了本该属于他们的东西，任凭已经到嘴的鸭子生生飞走。他们定然对她那些罗曼蒂克的理由不屑一顾。或许她欠他们的并非一句对不起，而是一个解释？可又怎样才能联系上他们，尤其是在现在这般非常时期？她伸出手去，想拿笔蘸点儿墨水，然而就在这时，突突作祟的自尊心猛然扣住她的腕子。再怎么说，她的所作所为，在任何讲理的人看来，恐怕都不可理喻；她先是拒绝见面，然后又无情褫夺了一笔他们本极有可能得到的泼天

---

1 英国当时颇具影响力的文学与社会期刊。

富贵。他们必然觉得曾祖母是自私自利、无情无义的典型。想到这里，斯兰夫人不由愁眉不展。可她深知，自己完全是遵从本心行事。菲茨乔治先生不就曾指责过她"瞒心昧己"吗？想到这里，她恍然大悟：原来菲茨乔治在用这笔财富试探她，仅仅想借此机会，让她拥有选择说"不"的勇气。他留到她手里的，与其说是一份财产，不如说是一次忠于自己的机会。她躬下身子，轻轻抚摸起那只猫来。要知道，那猫平常可不怎么讨她欢心。"约翰哪，"她柔声道，"约翰——我竟冥冥之中遂了他的心愿，这是何其有幸啊。"

打那以后，纵使依旧顾虑着曾孙辈们的眼光，但斯兰夫人的情绪明显高涨不少。然而奇怪的是，她明明已经替自己的行为找到合理借口，良心却反倒更加不安起来，仿佛是在怪罪她过于放纵自我。或许当初的决定太过仓促了些？或许这一切对孩子们有失公允？又或许不该这样一意孤行，牺牲他人成全自己？老实说，她的所作所为全然听凭自己的心意，而且得承认，激怒嘉莉、赫伯特、查尔斯跟威廉让她愉悦不已、身心酣畅。在她眼里，这堆价值连城的稀世珍宝、难以计数的金银钱财，私人是不配收入囊中的。于是，斯兰夫人才迅速抛出这两只烫手山芋，稀世珍宝呈予国家，金银钱财捐给穷人。这种说法，有道理吧。如此可见，她所做的一切都没有错！可另一方面，她难道就不该替曾孙辈们着想吗？这个问题太复杂，斯兰夫人自个儿无论如何都想不明白。迷茫中，她只好向巴克特罗夫先生吐露心声，奈何对方也爱莫能助——首先，他完全赞同斯兰夫人当时的决策，其次，在这位老绅士看来，鉴于这颗星球即将迎来毁灭，所以眼下，无论做了哪种决定，都无关紧要。"我亲爱的夫人哟，"他道，"等您那堆切利尼的陶器，普桑（Poussin）[1]的画作，还有您的孙子孙女们，您的曾孙跟曾孙女儿们，统统化作太空里的尘埃以后，您良心还痛不痛也就无所谓喽。"巴克特罗夫先生的话是没错的，却等于没说。探索天文学的真相虽能为世人的想象力插上翅膀，可终究太过遥远，解决不了当务之急。她仍旧凝视着他，满脸愁容。此时此刻，她倏然好奇起来——若是换成亨利，他会眉毛一扬，作何回应呢？如此一想，不觉更愁眉难展。

"黛伯拉·霍兰德小姐！"这时，热努的声音打

---

1 尼古拉斯·普桑（1594—1665），法国巴洛克时期画家，被誉为古典主义绘画奠基人。

断了她的思绪。只瞧老用人把大门猛地推开，那副架势，好似在模仿记忆里巴黎使馆大总管的做派。

斯兰夫人慌里慌张地站起来，身上的绫罗绸缎跟蕾丝花边随着她的举动沙沙作响，声音如往日般轻柔；仓促中，手里的织物不慎滑落在地，她费力地俯身拾捡，心里早已翻江倒海。此刻的她手足无措：曾孙女黛伯拉，巴克特罗夫先生，以及她自己，出乎意料地就要面对面了。眼前这微妙又复杂的局面，令她一时不知该如何应对。她的头脑一向不够机敏，从来不擅随机应变；眼下，她前脚刚同巴克特罗夫先生谈及曾孙辈们的事，后脚本尊便横空出现，此情此景，唯有处变不惊、急中生智，方能妥善化解。然而对于反应迟钝的斯兰夫人来讲，这简直难如登天。"我的黛伯拉乖乖！"她一边亲昵地叫道，一边迈着小碎步，匆匆跑过来。其间，织物再度掉到地上，她弯腰去拾，但半途作罢，最后终于顺利地在曾孙女颊上落下一吻。

然而，斯兰夫人愈加不知所措了。自打搬离埃尔姆公园花园，黛伯拉是首个来汉普斯特德探望她的小辈。以往，她接待过的访客只有菲茨乔治先生、巴克特罗夫先生跟戈舍兰先生——当然，其中偶尔也包括斯兰夫人的亲生儿女，他们纵然不受欢迎，但不管怎么说，如今也都是些岁至迟暮的老人。眼下，则是轮到年轻的黛伯拉叩门造访了。姑娘出落得标致水灵，举手投足间尽显优雅；在皮帽的掩映下，映丽的脸蛋楚楚动人。先前，斯兰夫人已经在各家名流报刊上目睹过曾孙女儿的芳容，而眼前的黛伯拉，正宛似活脱脱从照片里走出来那般，完全符合老夫人的想象。上回看到她，黛伯拉还是名青涩的女学生，不过一年的工夫，已蜕变成一位彬彬有礼、高雅貌美的年轻小姐。一年来，曾孙女在时尚圈的每场活动，她这当曾祖母的都如数家珍。然而，就在细细打量眼前姑娘的时候，斯兰夫人心里陡然一激灵，猛地想起她那本贴满剪报的影集。此刻，那玩意就赫然躺在桌上的台灯旁边呢。想到这里，老夫人忙不迭放开黛伯拉的手，像弄走一杯发暗浑浊的茶水似的，匆匆将影集挪至暗处，又往上面铺了层吸墨纸才作罢。真是节外生枝，而且千钧一发啊！所幸有惊无险！现在，她终于能够放下心来。忙完这一切，斯兰夫人再度回到黛伯拉身旁，正式把曾孙女引荐给巴克特罗夫先生。

　　老绅士为人处世机智圆滑，未多作停留，很快将时间留给租客跟她的家人。此前，凭她对他的了解，斯兰夫人本来还忧心忡忡，生怕巴克特罗夫先生突然论及某些高深莫测的话题，或按捺不住提及她近期的种种古怪行为，最后把人家姑娘还有自己都搞得下不来台。然而，出乎她的意料，老绅士此番举止得体，谈吐老到。他只是简单寒暄了数句，谈到初春时节，那些贩卖鲜花的手推车再度重现伦敦街头；谈到科芬花园[1]；谈到剪根毛蕊茛莲花的水养花期；谈到乡间那一丛丛的雪花莲很快会凋零衰败，而转眼间，大簇大簇的欧洲樱草就将馥郁盛放。除此之外，无论天崩地裂的宇宙大灾难，还是黛伯拉·霍兰德曾祖母的英明决策，巴克特罗夫先生只字未提。唯独一回，他差点儿说漏嘴。那时，他向前倾身，手指头搁在鼻子上，开口道："黛伯拉小姐，我能在您身上瞧见斯兰夫人的影子。要知道，能做她的朋友，鄙人荣幸之至啊。"幸运的是，巴克特罗夫先生没有接着讲下去。他适当停顿了片刻，便起身告辞，离开了宅院。对于老绅士的所作所为，斯兰夫人感动不已。然而，望着房东渐渐远去的身影，她心中不由感到一阵惊慌：眼下，她终于要独自面对这位唤作黛伯拉的年轻姑娘，而那名字，过去也曾属于她自己。

---

1 又名科文特花园，伦敦最大的特色商品市场。

斯兰夫人原本以为大家会先转弯抹角地寒暄一番，扯些没有意义的废话；她原本还心惊胆战，唯恐偶然的某个词汇让人借题发挥，将话锋转向现实，然后语不绝口，犹如杰克的魔豆[1]，最终化作无数诘责，一发不可收拾。她曾经设想过百万种可能，却唯独没有料到眼前这番景况：曾孙女儿坐在她膝旁，头枕在她膝上，用既简单又直接的语言对她所做的一切表达了感激之情。斯兰夫人并未作答，只是无言地用手抚摸着姑娘的秀发。她的心深受撼动，几乎说不出话来；她宁愿让那青春的嗓音在耳畔萦绕不绝，幻想这一言一语皆倾吐自她的唇口，一任旧昔的花季时光在灵魂深处重新绽放；她不惜掩耳盗铃，设想自己终于觅得能够诉说衷肠的金兰之交。她太老了，太累了，她情愿沉沦于这样的甜蜜幻想之中。那萦绕在她耳边的是某种回音吗？莫非是某种奇迹，将陈年旧岁一扫而空？抑或是昔日的人生又重新来过，只是一切皆异于从前？斯兰夫人静静拨弄着黛伯拉的发丝，注意到曾孙女儿留的是短发，而并非她过去那种小卷儿。此

---

1 源自英国童话，讲的是穷苦男孩杰克在集市以奶牛换来魔豆，然后顺着魔豆瞬间长成的巨大藤蔓爬到天上巨人国的故事。

情此景，甚至让老妇恍惚以为，她少时的出逃密谋已然成真。那时她真的背井离乡、逃之夭夭了吗？后来她真的选择了自己热爱的事业，而非亨利吗？眼下她是否正席地而坐，向身旁值得信赖的挚友倾吐心声，尽情诉说她的心思，她的渴望，还有她的信仰，言辞坚定又自信，好似胸中有团火焰在灼烧？何其幸也，黛伯拉！不仅心坚如磐石，身畔还有心心相印的知音作陪，老妇默默想道。可她想，此处所指的到底是哪位黛伯拉呢？老实说，斯兰夫人自己也胸中无数。

自打菲茨乔治驾鹤西去，斯兰夫人便想，她今生最末一场玄奇美妙的际遇已落下帷幕。可她错了，而且错得离谱。眼下，她跟曾孙女的人生意外碰撞交织，那滋味既奇异又美好，简直无法言说。菲茨乔治的离世令她一夜之间苍老了许多；像她这把岁数的人，总是容易一下子老得特别厉害；她的思维或许不再清晰，但至少她还能清楚意识到这点。她道："我的乖乖，接着讲吧；你所言，便等同我所语。"斯兰夫人不经意间泄露了心声，而黛伯拉终归阅历尚浅，过于自我，未能理解埋藏在这句话背后的深意。老妪本无意跟曾孙女倾诉心中所想；她本是风中之烛，半截身子已入黄土，不愿拿她过去的种种叨扰小辈；时至今日，对斯兰夫人来说，只要能当一个倾听者便足矣；更何况此时，她依然可以在脑海中随心所欲地任自己那深藏心底的秘密时而浮现，时而消逝，并乐在其中，毕竟斯兰夫人一向喜欢自得其乐。眼下这份欢愉，纵然清浅微淡，却掩埋在她灵魂秘沼最隐深的一隅，无人知晓；眼下这份欢愉，在她心底若隐若现，带给她的感触亦时深时浅，这样一来，无须推敲思辨，一切便如同满涨的海潮，汹涌地灌入她的魂魄。如今，在这行将就木之际，她再度回到那跌宕曲折、波澜起伏的芳华岁月；她再度化作水湄摇曳的蒹葭，化作漂向沧洋的叶舟，却一遍遍被吹回避风的江口。韶华啊，韶华！这两个字不断盘旋在斯兰夫人的脑海里；而她，在枯骨之余，居然幻想重返旧日的刀山火海，然而这回，她将勇敢直面苦难，不再委曲求全、忍气吞声，她的意志将从此坚如磐石、百折不挠。而这孩子，黛伯拉，这个"我"，这另一个"我"的影子，便拥有坚定不移的意念，自信而笃定。曾孙女儿表示，其实她很后悔缔下婚约，她只是想取悦祖父，才糊里糊涂跟人订了婚（她压根不在意她母亲的想法，奶奶也无所谓——倒霉蛋玛贝尔！）；她说，祖父"望孙女成凤"，整天盼着她将来有一天能登上公爵夫人的宝座；可仔细想想——她继续道——这跟她的乐师梦相比，根本就不值一提。

听闻曾孙女想成为乐师，斯兰夫人不免稍感惊讶，毕竟她原本还笃定黛伯拉将来想当画家呢。不过，从根本上讲，两者其实大同小异，她心里的失望之情旋即便烟消云散了。她当初没能讲出的话语，而今终于借姑娘之口说了出来。她并不反对双方在志同道合、心意相通的基础上缔结的婚姻。可如果在码和英寸的问题上都各执己见，想要心有灵犀可谓难如登天。在她那祖父跟前任未婚夫眼里，无论荣华富贵，还是功名利禄，都要用码来衡量——1码，2码，100码，乃至1760码；对她来说则是英寸——1英寸，或者0.5英寸。然而音乐，还有音乐所蕴含的一切，却没法用地球上的任何尺度来衡量。所以，对于曾祖母的所作所为，黛伯拉感激涕零，正是托曾祖母的福，她方得以在世俗的交易里降低身价。"曾祖母您瞧瞧，"她快活地说，"曾经有一个星期，大家都以为我将承继一笔泼天富贵，可惜他们的如意算盘落空啦，这样一来，我就能轻松解除婚约喽。"

"解除婚约？什么时候的事？"斯兰夫人问道。剪报上面明明对这件事只字未提啊。

"前日哟。"

就在这时，热努带着晚邮报走进屋来。她很开心，因为她终于能托故再一睹黛伯拉的芳容了。斯兰夫人偷偷把那只翠绿色的邮包塞进她的织物底下。"原来你已经解除婚约了，"她道，"我倒还真不知情。"

　　"真叫人如释重负。"黛伯拉耸耸肩。她表示，至此，她再也不会跟那个癫狂的世界扯上半毛钱关系。"曾祖母，究竟是世界疯掉了，"她问，"还是我在发癫呢？或单纯是我格格不入？莫非我是那种价值观扭曲、与主流思想背道而驰的怪咖吗？说到底，我干吗要接纳旁人的观点？没准我的主意也挺正确的，或者说在我看来正确。我曾结识过一两个人，他们与我志同道合，但好像总跟祖父，跟嘉莉姑祖母处不太来。另外，还有件事——"说到这里，她忽然顿了顿。

　　"讲下去。"斯兰夫人道。这番笨拙迷惘的剖白，令她的心灵颇受震动。

　　"唔，"黛伯拉继续说，"我老感觉，赫伯特祖父跟嘉莉姑祖母，还有那些跟他们同穿一条裤子的人，似乎都特别团结，仿佛被水泥浇筑在了一起似的。可我中意的人却净是些独行侠，在这浮世间单枪匹马、四处飘零，唯有相逢之时，方能让他们识出彼此。他们也有自己珍视的瑰宝，在他们心里，它们的分量，远胜于赫伯特祖父、嘉莉姑祖母所看重的那些东西。只是我尚不晓得那些瑰宝具体为何物。倘若是宗教信仰——假使我有个修女梦，而不是乐师梦——那我想，即便是祖父，大概也能对我的话略懂一二了吧。可那虽然不是宗教信仰，却具有某种宗教的性质。譬如，乐曲和弦会比祈祷更让我的心灵得到满足。"

"讲下去。"斯兰夫人道。

"后来啊，"姑娘接着说，"我意识到，那些我中意的人，他们无一例外的坚强勇敢，且全力以赴，甚至对自己苛刻到几近残忍。而这一切，皆源于胸膛里那颗金石般的诚心。就好像他们已经打定主意，就算倾其所有，也要忠于他们所珍视的事物。不过，当然喽，"说到这里，黛伯拉想起她那赫伯特祖父跟嘉莉姑祖母的评价来，"我也晓得，这些人啊，就是社会的累赘，毫无价值。"讲这话的时候，她虽然一本正经，表情中却依旧流露着些许孩子气。

"天生我材必有用，"斯兰夫人张口道，"他们会对这个社会产生潜移默化的影响（leaven）。"

"这个词儿我老不会念，"黛伯拉说，"总是不晓得该押'even'还是'seven'。我想您说得没错，曾祖母。可潜移默化是一种长期的、渐进的过程，况且真正能够接受濡染，做出改变的，也不过是那些三观大致相同的人罢了。"

"话是不错，"斯兰夫人答道，"然而实际上，合拍的灵魂并不稀少，数量绝对超乎你的设想。他们会花大心思掩藏这份'合拍'，直至关键时刻方'显山露水'。好比你奄奄一息，即将归西，"她的意思原本是，好比她自己奄奄一息，即将归西，"你准能发觉，你那祖父其实比你（我）想的更懂你（我），这点我敢打包票。"

"那不过是一时感伤情绪作怪而已，"黛伯拉坚持说，"自然，人人都逃不过死亡带来的震撼，就连赫伯特祖父跟嘉莉姑祖母也不例外。在死亡面前，二老会忆起过去不愿面对的种种。可我喜欢的那些人，在我看来，他们不会抱有这种病态的思想，非要在死不死的问题上多纠结，而是长久以来，一直都知道，自己生命里真正的瑰宝究竟为何物。说到底，'死'不过是段插曲，'生'亦是如此。然而，我所指的事情，不仅远逾生死之外，而且跟二老眼里我本该拥有的人生水火不容、格格不入。到底错的是我，还是他们呢？"

斯兰夫人意识到，想要激怒赫伯特，弄火嘉莉，这是最后一次机会了。让他们唤她恶老太婆吧！当然她晓得自己不是。这孩子是个名副其实的艺术家，应该按照自己的方式选择人生。在这世间，能够或者愿意投身世俗劳作的人数不胜数，他们时而赚取报酬，享受回馈，时而饱受恶意与不公，然后还以颜色；然而，像黛伯拉这样的人少之又少，他们淡泊名利，不为金钱地位所诱惑，这样的人，理应自由自在、满腔热忱地拥抱自己所钟爱的事业，而不必在意旁人能否理解。随着斗转星移、岁月更替，世间的一切纷扰沉沉又浮浮，当今日的一点一滴逐渐消弭于时间的长河，真正能够在人们的记忆中占据一席之地的，绝非那些雄霸天下的胜者，而是诗者跟预言家。其中便包括耶稣本人。

黛伯拉究竟天赋如何，斯兰夫人无从估量，可这没有关系。功成名就固然可喜可贺，但拥有一颗伟大的心灵更加重要。以建树衡量一切，无异于向世界现行体制妥协，这跟她和黛伯拉所崇尚的那种朴素无私、严谨细致的标准可谓背道而驰。然而，话到了嘴边，却完全成了另一番意思："我的老天爷啊，要是当初我没放弃那份资产，如今你早就独立了。"

闻言，黛伯拉放声大笑。她表示，自己真正想要的，并非珍宝银钱，而是金玉良言，其实斯兰夫人心知肚明，曾孙女并不需要什么金玉良言，她已经决定好接下来要走的路，她只需要帮她坚定信心，为她加油鼓劲而已。那行吧，既然她渴望认同，那便如她所愿。"你当然是对的呀，我的乖乖。"她轻声道。

就这样，一老一少你言我语，又聊了良久。谈话间，黛伯拉感到平静又安适，她深深觉得，自己同曾祖母心有灵犀、意气相投。但同时，黛伯拉也发现，曾祖母讲话糊里糊涂的，常常弄得她也云里雾里。不过，毕竟这把岁数了，倒也没什么好大惊小怪的。有的时候，她明明在谈黛伯拉，可话里话外，却好像在说她自己，待意识到这一点，她又笨口拙舌地想要掩饰一时的失言，然后硬逼自己振作起来，热切地探讨面前这位姑娘的来日，而不是旧年那些走歪的路和犯下的错。然而，这个时候，黛伯拉很平静，也很幸福，根本无暇细究她的曾祖母曾经到底做过什么错事。同眼前这位老妪共处的时光，宛似一曲高山流水，宛似日落时分轻抚的琴弦。当暮色渐浓，窗牖微启，肆虐的夜蛾到处乱撞之时，她沉入无尽的安宁。她伏在老妪膝上，仿佛那是倚靠，是后盾；她沉湎其间，四周余音缭绕，模糊缥缈，如同温暖的薄纱，紧紧裹住她的灵魂。此时此刻，喧哗皆息，嘈杂尽消；那一瞬间，赫伯特祖父，以及嘉莉姑祖母，双双从她心中的神坛跌落，瑟缩成傻傻的手舞足蹈的小傀儡，面庞如皱巴巴的羊皮纸般粗糙蜡黄；那一刻，她的思想，她的观念，倏然就像大天使般舒展双翼，高高升起，在她的心房里尽情飞舞起来。恍惚间，黛伯拉莫名想起昔年遇见的一位女性。那时，在南方的某座港口城市，女子一身雪色套裙，牵着一条毛色雪白的俄国狼狗，披着深浓的夜色款款而行。长久以来，在她的魂灵深处，始终沉睡着一份小小的、充满青春气息的瑰宝；而今，她同这位投缘的"忘年交"曾祖母身体相依，心灵相偎，这份瑰宝也随之揭开面纱，重见天日。她发觉自己在思索日后能否用乐章再现这一时刻的美好。她想用音乐呈现一切，这份渴望，甚至胜过她对曾祖母本人的关注。这种想法未免有些自私自利，但她知道，曾祖母定能理解她，不会怨她半分。她登门造访，纯粹是一时兴起，但现在她觉得，她冲动得没错，脑海里缭绕的余音便是最好的证明。迢远之地，一架钢琴奏出美丽的和弦，但这娓娓动听的旋律，在赫伯特祖父跟嘉莉姑祖母的世界里却毫无价值，或者说根本就不存在；然而，在曾祖母的天地里，这些音符则非常珍贵，且意义深远。出神间，黛伯拉想，她不能叨扰曾祖母过久。但就在这时，她蓦然发觉，那絮絮诉说的苍老的声音已不知何时静了下来，这段美好的时光，就这样悄悄落下了帷幕。曾祖母睡了吧。面前的老妇垂着脑袋，下颏都挨到了胸前的蕾丝饰带上。双手静静搁着，绵软又无力。见状，黛伯拉默默起身，小心翼翼地轻掩房门，蹑手蹑脚地离开了宅院——那一刹那，她脑海里美妙的和弦也随之画上休止符。

良久以后，热努端着托盘走进屋来。"夫人，该用餐啦，"但蓦地，她吓得几乎变了声调，"我的天哪，怎么会这样，夫人她没啦……"

"毫不意外，"嘉莉抹着眼泪说，想当初老父亲离世，她都没有哭过一声呢，"毫不意外，巴克特罗夫先生，可是这依然叫我难以置信。我那倒霉的妈妈，一直都跟别人不太一样，您晓得的。罢了，关于这点，您又何从知晓呢？说到底，妈妈她不过是您的房客而已啊。今早的《泰晤士报》上，还有位新闻记者形容妈妈'异于常人'，正如我对她一贯的评价。"嘉莉似乎忘记，她对母亲的评价可远不止于此。"说起来，妈妈有时候确实蛮难搞的，"她倏然想起菲茨乔治留下的那笔遗产，脸色一沉，有些不悦地补充道，"从某种意义上来讲，挺不现实的。当然啦，'现实'也并不是这世上唯一重要的东西，对吗，巴克特罗夫先生？"这话是她原封不动从《泰晤士报》上照搬过来的。"我那倒霉蛋妈妈，生前真是拥有一颗无比仁慈的美丽心灵呢。我并非说，她的一言一行有多么值得我效仿。她的想法有时挺难理解的。挺'堂吉诃德'的，您晓得吧？而且——还有个词儿，是怎么说的来着？对喽，愚不可及！不仅如此，有的时候，她还冥顽不化，犟得像头驴。有这样一位异想天开，又不肯听子女劝的母亲，实属家门不幸！要是她当初听得进去话，我们眼下的处境定然会大不相同。奈何现在木已成舟，再怎么后悔也无济于事喽，您说是不是？"说罢，嘉莉还故意挤出一抹坚毅的微笑给巴克特罗夫先生看。

老绅士没吱声。他非常讨厌面前这个女人。他百思不得其解，如此虚伪做作，又如此冷酷无情之人，怎么可能是斯兰夫人的骨肉呢？明明他的这位老伙计是那样坦率真诚、善解人意啊！旧友撒手尘寰，老绅士悲痛欲绝，但他打定主意，绝不在嘉莉跟前露半点声色。

"您愿意的话，楼底下有个人能帮您量量棺木的尺寸。"他道。

她狠狠剜了他一眼。正如他们所料，这老头儿果真狠心，也果真不讲礼数，事到如今，倒霉蛋妈妈一命呜呼，老头儿却"惜字如金"，连半句好听话都不舍得说。

于嘉莉而言，愿意称母亲"异于常人"，已然足够宽宏大量；总的来说，考虑到母亲先前对他们的狠狠戏耍，她由衷觉得，这短短的三言两语已经算是非常慷慨的颂词。所以怀着这样的心思，她总是振振有词，一副理直气壮的模样，而且根据她自己定下的规矩，巴克特罗夫先生本该讲几句得体的、有风度的话作为回应才对。老家伙本指望自个儿也能从中捞到些油水，结果未能如愿，所以才恼羞成怒，变成这副嘴脸——毋庸置疑，准是这样子没错。但想到这坏老头儿最终奸计落空，嘉莉心里头便舒服不少。无疑，巴克特罗夫先生就是那种专骗天真老妪的卑鄙之人。眼下，怀恨在心的他卷土重来，为了使坏，还特地找了个做棺木的来帮衬呢。

"我的兄长斯兰勋爵马上就到，他自会处理好一切。"嘉莉高傲地说。

但就在此时，传来了戈舍兰先生的敲门声。他走进来，微微提了提那顶硬圆形黑色呢帽的帽檐，可他表示敬意的对象，到底是静静躺在灵榻上纹丝不动的斯兰夫人，还是立在床脚边的嘉莉，就很难说了。身兼送殡人的他，纵使已见惯死亡，但心里对斯兰夫人的那份深厚感情，却是以往任何时候都未曾有过的。他决定献上他最宝贝的一块木料做她的棺材板，以表哀思。

"夫人的遗容依旧美好。"他对巴克特罗夫先生道。

两位男士都对嘉莉不理不睬。

"正像我常说的那样，美好之人，会永远美好下去，无论鲜活的生时，抑或沉静的故后，"戈舍兰先生说，"死亡彰显美，使美动人心魄。这是我的老祖父以前跟我说的，他也干过殡葬。整整半个世纪，我都在留意着，看他说的是否属实。过去他常常叨咕，生前的美，或许来自绫罗绸缎，来自霓裳羽衣，来自诸如此类的各种物件儿；然而，能够承载逝后之美的，除却品格以外，再无其他。瞧瞧夫人吧，巴克特罗夫先生。在您看来，我老祖父的话属实吗？老实说啊，"讲到这里，他忽然压低声音，跟巴克特罗夫先生咬起耳朵来，"我看人呢，就是盯着他们的脸，然后在脑海里勾勒他们的遗容。您别说，用这法子啊，还真能看透一个人，特别是他们还被蒙在鼓里的时候。当初，打第一眼瞅见夫人，我就跟自己说，不错，这人能处；而现在，望着她的遗容，我依旧会说，不错，这人能处。说到底，夫人她啊，从来就没有真正融入这方尘世吧。"

"您说得没错，"巴克特罗夫先生答曰，戈舍兰先生一来，他倒也欢喜说斯兰夫人的事儿了，"然而，面对这尘世，她也从未甘心妥协。她坐拥世间最好的一切，却也是她最不想要的一切。戈舍兰先生，夫人她呀，心心念念的应是野地里的百合花吧[1]。"

"您所言极是。我曾把《圣经》里的许多话都用在过夫人身上。内容分毫不差，放在《圣经》中，世人尚啧啧称赞，可是放到现实里，放到平凡的日常里，大家就不认喽！相同的事情，在家里遇着，他们就不得其道，像个榆木疙瘩，但放到诵经台上讲，大伙就心虔志诚，瞬间顶礼膜拜啦！"

"哎呀，老天爷啊，"嘉莉心里默默嘀咕着，"这俩老家伙，难道就打算这样跟支希腊合唱队似的谈妈妈谈个没完吗？"早先，嘉莉赶赴汉普斯特德时，铁了心想要宽以待人，想要原谅一切，在魂灵深处那一股股真情的推动下，她也的确或多或少做到了。可眼下，她再也没法保持泰然，控制住她火爆的性子了。那心底酝酿的凶险的风暴，即将冲破一层层苦重积怨，怒号着呼啸而出。这个蹭佣金的，还有这个做棺材的，他俩凭什么能这样无所顾忌、自作聪明地谈论

1　《圣经》中说，在所罗门最富贵的时候，他的衣裳也不如野地里的一朵百合花。

妈妈？他们根本对妈妈一无所知！

"要不，"她厉声说，"您二位还是省省口舌，把致悼词的机会留给老太太的家人呗！"

闻言，巴克特罗夫先生、戈舍兰先生双双把目光朝她投去。两位老者都神色肃穆，一副不苟言笑的模样。那一瞬间，嘉莉蓦然发觉，面前的这两个老家伙，好似无形中萦绕着一层超然之气；当然，他们还是傻里傻气的，但此刻，却也流露出一股凛凛的浩然正气。两双眼睛火辣辣地攫住她，将她那正派伪善的面具灼烧得一干二净。她感觉她仿佛在接受审判。戈舍兰先生眯缝着眼眸，一如既往地在脑海里勾勒嘉莉的遗容，想象着该如何把她搁在灵榻上面，再从头到脚，细细审视这副已然毫无招架之力的躯体。而那句"异于常人"的形容，也在熊熊烈焰里，化作烟尘。毋庸置疑，这俩老头儿跟母亲蛇鼠一窝，这绝对是不争的事实！

"还请您至少摘下那帽子，"穷途末路之下，嘉莉只得亮出礼仪的挡箭牌，对戈舍兰先生道，"毕竟，死者为大。"